CW01471883

Noson
Wefreiddiol
i mewn

pen
dafad

y Lolfa

# Noson Wefreiddiol i mewn

**Alun Jones (gol.)**

Hoffai'r Lolfa ddiolch i:
Ffion Davies, Ysgol Plasmawr,
Rhian Lewis, Ysgol Bro Gwaun,
Dafydd Roberts, Ysgol Dyffryn Ogwen
ac Andrea Parry, Ysgol Dyffryn Conwy.
Hefyd, i holl ddisgyblion ysgolion Botwnnog, Penweddig, Bro Myrddin,
Dyffryn Conwy, Dyffryn Ogwen a Plasmawr am eu sylwadau gwerthfawr.

Argraffiad cyntaf: 2005
ⓗ Awdurdod Cymwysterau, Cwricwlwm ac Asesu Cymru, 2005

Golygyddion Pen Dafad: Alun Jones a Mared Roberts
Llun clawr: Gareth Roberts
Cynllun clawr: Robat Gruffudd

Comisiynwyd y gyfrol gyda chymorth ariannol Awdurdod Cymwysterau,
Cwricwlwm ac Asesu Cymru

Mae hawlfraint ar destun a lluniau'r llyfr hwn ac mae'n anghyfreithlon i'w
llungopïo neu atgynhyrchu trwy unrhyw ddull (ar wahân i bwrpas adolygu) heb
ganiatâd ysgrifenedig y cyhoeddwr ymlaen llaw.

*yl**L**olfa*

ISBN: 0 86243 836 5

Cyhoeddwyd ac argraffwyd yng Nghymru gan:
Y Lolfa Cyf., Talybont, Ceredigion SY24 5AP
*e-bost* ylolfa@ylolfa.com
*gwefan* www.ylolfa.com
*ffôn* +44 (0)1970 832 304
*ffacs* 832 782
*isdn* 832 813

# Cynnwys

# Gwe

## gan Owain Meredith

Roedd Kelly'n teimlo'n ddiflas wrth eistedd yn y stafell gyfrifiaduron. Roedd y cyfrifiadur o'i blaen â thudalen wag arno fo, heblaw'r geiriau 'Y Chwyldro Diwydiannol' wedi eu sgwennu fel pennawd. Ond doedd Kelly ddim yn edrych ar y sgrîn, roedd hi'n syllu allan drwy'r ffenest ar feysydd chwarae anferth yr ysgol.

Roedd hi'n bedwar o'r gloch y prynhawn yng nghanol Tachwedd ac yn tywyllu y tu allan, gyda'r gwynt yn chwythu'r coed ym mhen draw'r cae, lle'r oedd afon ddofn a fyddai'n chwyrlïo'n dawel, dywyll erbyn hyn. Wedyn, doedd dim byd ond anialwch o dipiau llechi, a gallai unrhyw beth ddigwydd yno heno. Crynodd Kelly cyn troi i edrych tua phen arall y cae lle'r oedd goleuadau'r pentref yn pefrio'n oren ac yn wyn – heblaw am y bylchau tywyll lle'r oedd y plant wedi malu'r bylbiau. Yno, rŵan, byddai ei ffrindiau wedi cyrraedd adre. Byddai Danielle wedi mynd yn syth i'r bath, wedi golchi a bocha hefo'i gwallt, wedi gwisgo mêc-yp, dim ond er mwyn mynd i lawr i weld ei chariad pathetig Leroy, ar y sgŵar, a chicio caniau gwag, edrych yn ddiflas, a gwrando ar ei storïau dwyn ceir o. Byddai fflipin Charlene yno hefyd yn snogio Gavin ac wedyn yn mynd draw i dŷ Gavin i gael mwy. Yr ast!

Byddai Rhiannon, ei ffrind gorau hi, yn eistedd i lawr hefo bag o tships yn gwrando ar Robbie ac yn chwarae gêmau ar y cyfrifiadur hefo'i brawd, Rhys, ac yn mwynhau ei hun. Meddyliodd am Rhys yn freuddwydiol am ychydig.

Fan'na basa hi rŵan, hefo Rhiannon a fo, neu i lawr ar y sgŵar yn codi twrw efo'r bechgyn.

Basa unrhyw beth yn well nag eistedd fan hyn, mewn ditenshyn, yn methu'n glir â chanolbwyntio ar wneud ymchwil i mewn i'r chwyldro diwydiannol fel roedd hi fod neud.

Deffrodd o'i synfyfyrio wrth i'r drws agor yn sydyn. Mrs Jeffreys oedd yno, yn gwisgo'i sgarff liwgar, hipïaidd a'i gwallt coch, cyrliog, gwallgo'n sgleinio.

'Ti yma eto, Kelly?'

'Yndw, Mrs Jeffreys.'

'Be ti wedi neud tro ma?'

'Dim byd, Mrs Jeffreys.'

Wel, heblaw galw'r prifathro'n bloncyr yn y llyfrgell. Dim ei bai hi oedd hynny. Roedd hi wedi bod yn chwarae *strip jack poker* hefo Jack ac Ed yn y llyfrgell a dyma'r prifathro'n dod rownd y gornel.

Roedd hi wedi gorfod agor ei chrys reit i lawr at ei botwm bol ar ôl colli ac roedd yr hogia'n syllu ar ei bra hi. Aeth y prifathro'n boncyrs fel arfer a deud nad oedd neb eisiau'i gweld hi heb ddillad. Roedd hi wedi ateb yn ôl yn syth, a holi oedd o wedi colli diddordeb rŵan, ers i'w wraig ei adael o. Wedi i'w wyneb fynd yn goch, goch, cododd ei law i'w tharo hi. Am eiliad roeddan nhw wedi syllu ar ei gilydd, ond yn lle ei tharo roedd o wedi gafael yn ei braich ac wedi'i martsio hi drwodd i'w stafell.

Yno, bu'n arthio ac arthio arni fel arfer: ei fod o wedi cael llond bol ar ei hymddygiad gwirion hi. Dywedodd wrthi y basa'n rhaid iddi aros ar ôl ysgol i neud gwaith cartre... a'i fod o wedi blino ei gweld hi mewn trafferthion o hyd ac o hyd.

Wel roedd hitha 'di blino gweld ei groen sych llawn ecsema o hefyd – a'i ddandryff. Dim arni hi roedd y bai ei fod o 'di bod yn dioddef efo'i nerfau; dim arni hi roedd y bai bod ei blentyn o wedi boddi bum mlynedd yn ôl mewn pwll yn yr ardd; dim arni hi roedd y bai bod ei wraig wedi ei adael o. Roedd gan bawb eu problemau. Be oedd yn 'i neud o'n arbennig? Idiot. Doedd Kelly'n poeni dim am y prifathro. Roedd o'n ddiawl ac roedd hi'n ei gasáu o.

Roedd ei ffrindiau hi'n meddwl ei fod o'n ddoniol iawn ei bod hi mewn ditenshyn unwaith eto. Roedden nhw i gyd yn bwriadu cael parti heno, medden nhw, a chael laff a basa ei Mr Right hi'n siŵr o ddod i'r parti. Rhyw falu cachu fel'na.

Serch hynny, mi roedd yna un stori oedd yn dychryn Kelly, sef bod fampir o ferch yn crwydro'r ysgol liw nos. Merch o'r pentre oedd wedi cael ditenshyn flynyddoedd maith yn ôl, yn wythdegau'r ganrif ddiwetha, ac roedd hi wedi lladd ei hun yn y stafell gyfrifiaduron hyn, drwy... wel doedd neb yn siŵr iawn sut. Yn ôl Richard roedd hi wedi hyrddio ei phen i lawr ar y ddesg efo dwy bensel i fyny ei thrwyn.

Roedd Rhiannon yn deud iddi farw yn stafell y cyfrifiaduron drwy drydaneiddio'i hun. Dyna pam roedd ei gwallt hi'n las, las fath â mellten.

Yn ôl Dylan wedi cael ei llofruddio oedd hi a doedd neb erioed wedi dod o hyd i'w llofrudd. Roedd pawb wrth eu bodd yn dychmygu'r petha mwya erchyll y medren nhw. Ond gwrando'n ddidaro fyddai Kelly a deud i'r diawl â chi ac nad oedd uffar o ots ganddi hi.

Beth bynnag, roedd yr ysbryd, yn ôl y sôn, yn crwydo'r ysgol fin nos a'i llygaid coch yn chwilio am waed ifanc. Roedd Kelly wedi bod yn falch o weld bod Mrs Jeffreys yn dal yn yr ysgol felly. Ond erbyn hyn, roedd hi wedi gadael ac roedd pobman yn dawel eto, wel heblaw am hymian trydanaidd uchel y cyfrifiaduron.

Dim ond hi a'r prifathro oedd ar ôl yn yr ysgol erbyn hyn. Medrai weld golau ei swyddfa'n ddisglair ar draws y buarth. Mi fydda fo siŵr o ddod ati hi mewn awr er mwyn gweld faint oedd hi wedi'i sgwennu. Dechreuodd ar ei gwaith: 'Roedd y chwyldro diwydiannol wedi digwydd yn y... ' O *my god*, roedd neud gwaith ysgol mor uffernol o boring, y funud roedd hi'n meddwl amdano roedd ei brên hi'n gwrthod gweithio. Syllodd eto ar y dudalen wag: 'Roedd y... '

Dechreuodd feddwl am Rhys, brawd Rhiannon, eto. Roedd gwên neis ganddo fo, a breichiau cyhyrog a... Erbyn meddwl basa hi'n gallu mynd ar y we a wedyn sgwrsio ar ei hoff *chatroom* hi a Rhiannon, *Youth Chat Uk*.

Roedd pawb yn deud wrth ferched ifanc am beidio â sgwrsio ar y *chatrooms* ar y we achos eu bod nhw'n beryglus, ond dyna pam roedd hi a Rhiannon mor hoff ohonyn nhw. Roedd gymaint o bobol amheus arnyn nhw, dynion yn cogio mai merched un deg tri oed oeddan nhw. Roedd hi wrth ei bodd yn eu poenydio a deud petha ofnadwy o rŵd a deud wrthyn nhw i fynd i'r diawl y pyrfyrts bach. Bydda rhai bechgyn yn trio bod yn neis er mwyn eu cael nhw i siarad yn breifat amdanyn nhw eu hunain. Wedyn deud wrthyn nhw eu bod nhw'n dew ac yn drewi ac yn postio popeth roeddan nhw wedi ei ddeud ar draws y we. 'Tinboeth' oedd enw Rhiannon ar y we, ac roeddan nhw 'di cael lot o hwyl wrth gyfieithu hwnna i bobol di-Gymraeg.

DIM MYNEDIAD I'R WE. Dyna oedd y geiriau mewn coch ar draws y sgrîn erbyn hyn. Roedd rhyw blymin clo ar y system ac angen rhyw gyfrinair i'w agor. O *my god*, roeddan nhw'n cael eu trin fel plant bach yn yr ysgol drwy'r amser. Be allai'r cyfrinair fod? Dyma Kelly'n trio enw'r prifathro, yna enw'r athro cyfrifiaduron. Na dim byd yn gweithio.

Roedd botwm arall ar waelod y sgrîn yn deud, 'Mynediad i we ysgolion Cymru'. Gwe am Gymru a chyfle i ysgolion siarad hefo'i gilydd a sbio ar bethau boring am hanes a Chymru a phetha felly. Be arall oedd hi'n mynd i neud? Ella basa 'na rywbeth am y Chwyldro boring arno fo. Dyma hi'n clicio ar y botwm. Daeth cyfres o ddewisiadau ar y sgrîn, popeth mewn graffeg gwyrdd a melyn diflas. Y Rhufeiniaid, Oes yr Efydd, Cymru Heddiw, Cornel Clebran. Hwnna oedd *chatroom* y safle. Roeddan nhw 'di cael dipyn o laff ar hwn unwaith hefo hogia drwg o ysgol Gymraeg yn y de rhywle. Roeddan nhw'n gofyn a gofyn be oedd ystyr MOT. Lot o hwyl, wel tan i Mr Iwan ffeindio nad oeddan nhw ddim yn siarad am 'trafnidiaeth' fel roeddan nhw fod neud. Ie, ond fasa neb ar hwn heno, na fasa? Ella basa'r hogyn drwg yna o dde Cymru arno – be oedd ei enw fo, Morgan. Ella'i fod o ar ditenshyn heno, ar ei ben ei hun mewn dosbarth, rhywla yn y de, a basan nhw'n gallu siarad am betha drwg wedyn.

Wel man a man iddi geisio. Dyma hi'n teipio pwnc newydd i mewn i'r gornel 'pyncio', hefo llun o bobol ifanc hefo gwallt wîyrd.

'Haia! Rhywun isio siarad hefo hogan nyts o'r gogledd?' Clicio'r botwm anfon. Syllu ar y sgrîn. Dim byd. Neb. Wrth gwrs fasa 'na neb. Yr amser yma yn y pnawn, basa pawb call adre. 'Wel i'r diawl â chi i gyd!' ychwanegodd ac anfon hwnnw. Edrychodd o'i chwmpas. Roedd y rhesi a rhesi o gyfrifiaduron yn dechrau mynd ar ei nyrfs, pob un fel tasan nhw'n disgwyl am gael eu switsio ymlaen unrhyw funud. *God*, roedd y stafell yma'n dawel. O gornel ei llygad gwelodd rhywbeth yn symud heibio i wydr ffenest y drws.

Ennyd ac yna tywyllwch eto. Pwy gythrel fasa yn yr ysgol adeg yma, yn hwyr yn y pnawn? Y prifathro yn cadw llygad arni? Cymerodd gip drwy'r ffenest. Na, medrai weld cefn pen y prifathro wrth iddo blygu dros ei waith yng ngolau ei stafell. Be ddiawl oedd yno te y tu ôl i'r drws? Wel, doedd arni hi ddim ofn dim byd. Cerddodd draw at y drws, a'i agor yn sydyn.

Doedd neb yno. Edrychodd i fyny ac i lawr y coridor. Roedd coridor yr ysgol yn dawel ac yn hir iawn. Fedrai hi ddim gweld pen pella'r coridor gan ei fod yn dywyll, dywyll.

Yn sydyn, clywodd sŵn ping o gyfeiriad ei chyfrifiadur. Roedd rhywun wedi ymateb.

Pan ddaeth yn ôl gwelodd fod neges ar y sgrîn. Cliciodd Kelly ar yr ateb a sganiodd i lawr i waelod y neges. Merch o'r enw Caren. Siomedig, dim bachgen.

Darllennodd y neges: 'Ti ddim yn swnio'n hapus'. O wel, neis cael rhywun i siarad hefo hi, meddyliodd Kelly. Teipiodd ateb i mewn i'r cyfrifiadur.

'Isio mynd adra.' Anfonodd y neges ac aros am ateb. Aeth munudau heibio. Roedd hon yn ara iawn yn ateb. Teipiodd neges arall: 'Helô... helô.'

Aeth dau funud arall heibio. Ond wedyn cafodd ateb.

'Sori, heb ddefnyddio'r system e-bost yma o'r blaen. 'Nes i bwyso'r botwm anghywir... yr e-bost yn reit cŵl 'yn tydi. 'Dan ni wedi bod yn astudio fo drwy'r dydd. Dyna pam dwi yma heno, trio'i ddallt o, ond do'n i ddim yn meddwl basa gan neb arall y system ma. Dyna wyt ti'n ei astudio, cyfrifiaduron?'

Be ddiawl oedd yn bod ar hon, meddyliodd Kelly, heb iwsio'r e-bost? Oedd hi'n araf neu rywbeth? Swnio fel petai hi ychydig bach yn sgŵar a deud y gwir.

'Na... trio sgwennu rhywbeth ar y Chwyldro Diwydiannol dw i.'

Daeth ateb gan Caren. 'O 'dan ni ddim yn astudio hwnna... basa'n well gynna i fod adre 'fyd. Dwi ddim isio bod fan hyn o gwbwl.'

'Na fi... ond jyst un peth arall cachlyd yn 'y mywyd i rîli.' Atebodd Kelly

'Ti'n swnio fel fi... anodd gweld y pwynt weithiau 'yn tydi?'

Braidd yn ddiflas yw'r sgwrs ma, meddyliodd Kelly. Gwell newid y pwnc hw'rach.

'Na fi. Basa'n well gen i fod adra'n gwrando ar Robbie!'

Daeth ateb Caren: 'Robbie!... Pwy ydi o?'

Ble ddiawl rodd hon yn byw? meddyliodd Kelly. Rhyw hogan petha Cymraeg siŵr o fod. 'Robbie Williams 'yn de... ti'n gwybod am Knebworth, *Angels*...

'Erioed wedi clywed amdano fo... Dwi mewn i *Soft Cycle* fath â pawb arall.'

Pwy ddiawl oedd rheina? Roedd hon yn rili wîyrd, meddyliodd Kelly, 'Pwy di rheina?' Gyrrodd neges yn ôl ati.

Atebodd yn syth, 'Ti'n tynnu 'nghoes i 'yn dwyt? Dim ond band gorau 85 'ynde... ar ba blaned wyt ti'n byw?!!!'

Syllodd Kelly ar y sgrîn. Darllennodd y neges eto. '85? '85? Am be roedd y ferch ma'n rwdlan? Dechreuodd Kelly deimlo rhyw droi rhyfedd yn ei stumog. Edrychodd o'i chwmpas. Roedd y golau yn stafell y prifathro wedi diffodd.

'85?'

'Ie, y flwyddyn 'dan ni ynddi rŵan, eleni... Dwi'n gwybod bod Ysgol Dinas Edern ychydig bach ar ei hôl hi, ond 'dan ni'n gwbod pa flwyddyn ydi hi!'

Teimlodd Kelly gryndod rhyfedd. Dechreuodd holl straeon ei ffrindiau chwyrlïo yn ei phen, am y ferch erstalwm oedd wedi marw yn yr ysgol fin nos. O *god*! Ond, falle mai nhw, ei ffrindia, oedd wrthi, wedi hacio i mewn i system yr ysgol neu rywbeth. 'Rhiannon ti sydd 'na?' gyrrodd neges ati.

'Nage, Caren Rhys... O lle ti'n dod?'

'Ysgol Dinas Edern. Dwi'n gwbod dy fod ti'n siarad rwtsh... ocê?'

'Wel... mae hynna'n amhosib i ti fod yn Ysgol Dinas Edern... achos... dyna lle'r ydw i rŵan – yn stafell y cyfrifiaduron.'

Cododd Kelly ar ei thraed ac edrych o'i chwmpas. Roedd hi wedi cael llond bol ar y rwtsh ma. Daeth ping uchel ar y cyfrifiadur â neges arall. Camodd yn ôl at y drws. Rhuthrodd at y drws, a dechrau cerdded i lawr y coridor tywyll i gyfeiriad prif fynedfa'r ysgol. Roedd hi'n bendefynol o fynd adref. Doedd hi heb ddychryn gormod, ond roedd hi am fynd adref. Rŵan!

Clywodd rywbeth, neu rywun, yn dod i lawr y coridor ar ei hôl yn y tywyllwch. Medrai glywed sŵn siffrwd uchel wrth iddo agosáu'n gyflym. Wrth redeg am y gornel, llithrodd ar y llawr a disgyn ar ei hyd. Arafodd y peth du cyn camu drosti yn y tywyllwch. Sgrechiodd wrth i'r coridor gael ei oleuo.

Y prifathro oedd yno.

'Kelly Morris, be 'dach chi'n neud fan hyn ar y llawr?' Gafaelodd yn wyllt yn ei braich a'i thynnu i'w thraed.

'Dw... dwi'n mynd i'r toilet.'

'Toilet? Heb ganiatâd? Y ffŵl gwirion. Rwyt ti'n gwastraffu amser pawb. Dwi ddim isio bod fan hyn heno yn gofalu ar ôl hulpan fel ti... dos 'nôl i'r stafell i orffen dy waith.'

'Peidiwch â 'nghyffwrdd i, mae gen i'n hawlia.'

Ond ei llusgo hi i'r stafell 'naeth y prifathro, ei gwthio i mewn a'i rhoi i eistedd yn ddiseremoni ger y cyfrifiadur. Roedd hynny wedi brifo. Dyma fo'n syllu arni wedyn a dechrau dyrnu un o'r desgiau.

'Mae plant fel ti'n cael bob cyfle, Kelly Morris, a phlant bach eraill druain... '

Dyma fo'n dyrnu'r ddesg gymaint nes gneud i'r cyfrifiaduron neidio. Camodd tuag at ddrws y stafell.

'Dwi'n dy gloi di yn y stafell ac mi gei di aros yma nes dy fod ti wedi gorffen y traethawd.'

Aeth allan a chloi'r drws.

Medrai ei weld unwaith eto yn ei swyddfa â'i ben wedi plygu dros ei ddesg fel tasa fo'n cysgu.

Roedd Kelly wedi dychryn braidd. Doedd hi erioed wedi ei weld o mor ddig ac am eiliad teimlai fel crio. Ond yna, wrth eistedd o flaen y cyfrifiadur a brathu ei gwefus, dechreuodd deimlo'n ddig. Edrychodd ar y sgrîn. Doedd y ferch nyts yna heb yrru dim mwy o negeseuon. Wedi iddi golli ei thymer doedd arni ddim mymryn o ofn mwyach.

'Ti ddim yn 'y nychryn i, Caren! Yr ysbryd!' Anfonodd y neges ati.

Fase hi hefo Rhiannon yn cael sbort rŵan, oni bai am y llo prifathro ma. Ceisiodd agor y drws. Y diawl bach, pa hawl oedd gynno fo i afael yn'o i fel 'na a chloi drws y stafell? Mi fydda'n rhaid iddi hi 'i riportio fo, y peth cynta fore Llun. Dechreuodd Kelly deimlo'n ddig a rhwystredig. Doedd hi ddim isio bod yn y twll ma. Roedd hi isio mynd adre. Stwffio hyn, meddyliodd. Rhaid i'r prifathro ddod ati ac agor y drws ac wedyn, basa hi'n mynd adre beth bynnag oedd y diawl yn 'i ddeud wrthi.

Aeth at larwm y gloch tân ger y drws. Oedodd am eiliad cyn malu'r gwydr a phwyso'r botwm. Dechreuodd y gloch ddiasbedain yn ynfyd o uchel dros yr ysgol. Gwelodd y prifathro'n codi o'i ddesg. Deffres i'r diawl bach, gwenodd Kelly.

Yn sydyn pingiodd ateb ar y cyfrifiadur.

'Mi nes di 'nychryn i beth bynnag ydi dy enw di. Ro'n i'n meddwl mai ysbryd oeddat ti pan wnes di enwi'r flwyddyn 2005 ac wedyn deud dy fod ti yn ysgol Dinas Edern.'

'Ond dwi yma eniwe… Ti naeth sôn am 1985 dyna pam ro'n i'n meddwl… '

'Am be wyt ti'n siarad? Sôn am y flwyddyn hon dw

i 'ynde, 2185. Ro'n i'n meddwl dy fod ti'n neud yr un cwrs â fi, 'Astudiaethau Cyfrifiaduron yn y Blynyddoedd Cynnar,' ac mai dyna pam rwyt ti'n defnyddio system gyfifiaduron hynafol 'ynde?'

Teimlai Kelly'n oer drwyddi. Darllenodd weddill y neges.

'Ti'n methu bod yn ysgol Dinas Edern achos dwi yma. Rhaid mai un o'n ffrindiau i wyt ti gan dy fod ti'n gwybod gymaint am y lle. Mae'n amlwg dy fod ti 'di clywed am stori'r ysbryd yna, am y ferch gafodd ei llofruddio gan y prifathro ganrif yn ôl, Kelly Lee, sy'n rhan o chwedloniaeth yr ardal. Ond dwyt ti dim 'di 'nychryn i, ocê!!

Mewn stad o sioc, trodd Kelly oddi wrth y cyfrifiadur a rhuthro at ddrws y stafell. Clywodd glec y clo'n gollwng cyn i'r drws agor yn araf. Yno, safai'r prifathro…

# Noson Oer ym Mhen Draw'r Byd
## gan Mared Llwyd

Wrth i'r cloc uwchben y lle tân daro wyth o'r gloch, dyma'r hen wraig yn codi'n boenus o araf o'r soffa gan groesi'r stafell at y ffenest. Cyn cau'r llenni, fe gymer un olwg arall ar y byd mawr y tu hwnt i furiau'r bwthyn clud. Does 'na fawr i'w weld mewn gwirionedd – ond am ddiferion y glaw yn disgyn ar ganghennau'r hen goed derw sy'n amgylchynu'r clôs. Yn y pellter, gwêl olau ambell i gar sy'n teithio ar y ffordd fawr tua'r pentref. Mor bell i ffwrdd yr ymddengys y byd a'i brysurdeb y foment hon. Mor bell, bell i ffwrdd.

Cyn iddi ddechrau hel yr un hen feddyliau unwaith eto, mae'n cau'r llenni'n dynn, ac yn symud tua'r gegin. Yno, mae'n penderfynu gwneud paned, y pumed ers cyrraedd y bwthyn ychydig oriau'n ôl; ac wrth lenwi'r tegell, mae'n bytheirio ynglŷn â'r crydcymalau sydd erbyn hyn yn gwneud gweithredoedd syml yn gymaint o artaith. Wrth aros i'r tegell ferwi, mae'n sylwi ar yr hen ddrych ffrâm dderw'n hongian wrth ddrws y gegin. Sylla am ychydig funudau ar ei hadlewyrchiad, a gweld y geg fain a'r dannedd gosod. Pryd oedd y tro diwetha iddi weld y geg honno'n gwenu? Gwêl y gwallt brith sy'n hongian yn gudynnau, a'r rhychau'n cris-croesi ei hwyneb. Sylla i ddyfnderoedd ei llygaid glas gan geisio anwybyddu'r tristwch cudd sy'n llechu ynddynt. Mor wahanol yw hon i'r ferch ifanc, gwallt tywyll a arferai syllu'n ôl arni. Mor bell, bell yn ôl. Yna, cyn i'r dagrau gael cyfle i ffurfio, mae'n troi ar ei sawdl, yn gorffen hwylio'r te, ac yn cau drws y gegin yn glep ar ei hôl.

Yng nghynhesrwydd clud y soffa ger y tân mae'n yfed ei phaned. Paned cyn noswylio. Paned cyn dringo'r grisiau a throi am y gwely. Y gwely gwag sy'n aros amdani hi, ei hiraeth, a'i hunigrwydd. Ond paned gynta, paned iddi gael aros yma, ger y tân, damed bach yn agosach at y byd a'i bethau. Paned i rwystro'r hunllefau rhag ei phoenydio.

Mae'r glaw'n parhau i dasgu'n galed yn erbyn ffenesti'r bwthyn. Yr un hen law a ddisgynnodd ers wythnosau bellach. Prin i'r glaw beidio ers... ers i Ifor farw. Saith wythnos a thri diwrnod o law di-ben-draw.

Yn sydyn, mae'n clywed sŵn car ar y clôs y tu allan, a daw golau i lenwi stafell fyw y bwthyn. Mae'n codi'n llawn cyffro, ac yn ymbalfalu draw at y ffenest. 'Rhys sy ma,' meddylia'n hwyliog, cyn sbecian allan drwy'r llenni.

Pam bod yr hen fenyw 'na'n edrych mas drwy'r ffenest 'to? 'Mond ers hanner awr dwi'n sefyll fan hyn wrth y ffenest, a 'na'r trydydd tro i fi 'i gweld hi. Bôrd ma hi ma'n siŵr. Jyst fel fi. *God*, fi'n moyn mynd adre.

'Pwy sy 'na, Elin?'

Co nhw off to.

'Elin?!'

'Sa i'n gwbod!'

'Car pwy gyrhaeddodd fyn'na jyst nawr?'

'Sa i'n blydi gwbod!'

'Elin!'

Shwt ddiawl ddylen i wbod car pwy sy newydd gyrraedd ma? Ma nhw'n mynd ar 'yn nerfe i'n barod, a newydd gyrraedd ry'n ni.

'Saeson y'n nhw siŵr o fod, ife bach?'

'Ie, Mam, Saeson siŵr o fod.'

Sgowsars, neu'n waeth fyth, Brummies. Reit, hyd yn hyn ma 'na hen fenyw fusneslyd yn aros ym mwthyn rhif un, fi a Mam a Dad yn chware *'happy families'* yn rhif pump, a'r Saeson ma yn rhif tri. Grêt. Mae'n mynd i fod yn benwythnos o sbort.

'Dere o'r ffenest 'na nawr, bach. Dere fan hyn, i gael sgwrs fach 'da dy dad a finne.'

'*Chat*?! Na, dim diolch. Dw i'n iawn fan hyn.'

'Elin!' Tro Dad yw hi i bregethu nawr.

'Dw i'n iawn fan hyn, wedes i. God, pam na cha i lonydd? Pam o'dd yn rhaid i chi'n llusgo i i'r blydi lle ma?

Do'n i ddim ishe dod, ta beth. Dyw hi'm yn deg – do'dd dim rhaid i Guto ddod!'

'Ry'n ni wedi esbonio wrthot ti, Elin fach. Ma Guto'n ddwy ar bymtheg, ac yn ddigon hen i aros adre ar ei ben ei hunan. Ma fe'n gyfrifol a... '

'A chi'n trysto Guto.'

'Nage, Elin, gwranda arna i a dy fam am unwaith. Tair ar ddeg wyt ti.'

'Ie, yn union. Tair ar ddeg. Dwi ddim yn blentyn. Pryd sylweddolwch chi 'ny?'

'Pan wnei di stopio ymddwyn fel plentyn falle.'

Ie, da iawn, Dad, ateb clyfar. Clyfar a chyfleus. Ond dim 'na'r gwir, ife? Dim 'na'r rheswm go iawn ma Guto'n cael aros adre a finne'n gorfod dod fan hyn, i fwthyn oer ym mhen draw'r byd, am y penwythnos. Ond 'na ni, ma Guto'n berffeth 'yn dyw e? Prif Fachgen yr ysgol, ar fin cael pedair A yn ei Lefel A, wedi ei dderbyn i fynd i Rydychen. Y mab delfrydol...

'Gwranda, Elin. Dyw hyn jyst ddim yn ddigon da. Ma'n rhaid i ti drio'n galetach. Ma'n rhaid i ti wella dy agwedd... '

'Ie, reit, bla bla bla bla bla.'

'O Elin, cariad, gwed wrthon ni, beth yw'r broblem?'

'Problem? Problem? Yr unig broblem s'da fi yw 'mod i moyn mynd 'nôl i Gaerdydd. Nawr! Ma'r merched i gyd wedi trefnu mynd rownd y dre pnawn fory, a ma pawb yn mynd i barti yn nhŷ Ceri Richards nos fory. Ma'i rhieni hi'n fodlon ei gadel hi adre ar ei phen ei hunan.'

'Gei di ddigon o gyfle i fynd i bartis 'to, pan fyddi di ychydig yn hŷn... '

Byddan nhw'n meddwl 'mod i mor sad ddim yn ca'l mynd i'r parti. 'Na gyd byddan nhw'n siarad amdano fe yn yr ysgol fore dydd Llun. Dw i'n gwbod y byddan nhw'n 'y ngadel i mas o bethe, fel arfer.

'Gwranda ar dy fam am unwaith, Elin, wyt ti'n clywed? Nawr te, ry'n ni wedi dod fan hyn am y penwythnos i fwynhau, a ry'n ni'n mynd i fwynhau. Fory, fe ewn ni am dro bach ar hyd llwybyr y glanne... '

Big deal. Bydd hi'n wlyb stecs, gewch chi weld, bydda i'n rhewi, a fydd 'na ddim byd i'w weld ta beth. Mae'n ganol mis blydi Tachwedd!

'Wedyn trip bach i'r Eglwys Gadeiriol yn Nhyddewi. Yna, gewn ni gyfle i fynd rownd yr hen gerrig ym Mhentre Ifan.'

'Jyst saethwch fi nawr!'


Nid oes amheuaeth bod yr hen wraig ym mwthyn rhif un yn siomedig. Yn siomedig nad car Rhys a gyrhaeddodd y clôs rai munudau'n ôl. Yn siomedig na lwyddodd i orffen y gwaith yr oedd yn rhaid iddo'i wneud ac ymuno â'i fam yma yn y bwthyn bach ym mhen draw'r byd. Yn siomedig bod yn rhaid iddi, unwaith eto, dreulio'r noson ar ei phen ei hun.

Cyfle iddi hi a Rhys fwrw'r Sul oedd hwn i fod. Fe drefnodd y cyfan – penwythnos bach tawel i'r ddau ohonyn nhw, gyda'i gilydd. Daeth i'w nôl hi ben bore a'i gyrru yma, ond cyn cael cyfle i ddadbacio hyd yn oed, daeth galwad o'r swyddfa yng Nghaerdydd yn mynnu ei fod yn dychwelyd i gyfarfod holl-bwysig. Roedd y peth yn anochel, medde fe, a doedd dim byd y gallai ei wneud. Addawodd y byddai yn ei ôl cyn amser swper, ond doedd hi heb glywed gair oddi wrtho hyd yn hyn. Fe fyddai'n dychwelyd, roedd hi'n siŵr o hynny, cyn iddi noswylio, gobeithio. Ond, hanner awr fach arall, a byddai'n rhaid iddi hi fynd i'r gwely.

Mae'n dawel fel y bedd yn y bwthyn bach. Dyma sut y bu pethau iddi hi'n ddiweddar – sŵn distarwydd, a sŵn ei meddyliau hi ei hun. Bu'n weddw ers bron i ddeufis bellach. Er i'r cymdogion fod yn dda iawn wrthi yn ystod yr wythnosau wedi marwolaeth Ifor, bellach roedd yr ymweliadau dyddiol wedi lleihau a daeth hi'n fwyfwy caeth i bedair wal ei chartref, ac i'w chwmni ei hun.

Bu farw Ifor ar ddiwrnod pen-blwydd eu Priodas Aur. Am hanner can mlynedd fe fuon nhw'n cyd-fyw'n gytûn, heb dreulio'r un noson ar wahân. Bu ei farwolaeth yn sioc i bawb. Syrthio yn sydyn yn y capel un dydd Sul wrth ddarllen y cyhoeddiad am noson goffi'r Ysgol Sul, a marw. Roedd hi'n weddw, ac am y tro cyntaf, roedd hi ar ei phen ei hun. Yna, un diwrnod, wedi i'r sioc hel ei bac, a galar bellach yn ddim ond ymwelydd achlysurol, fe ddaeth unigrwydd drwy ddrws y cefn, fel lleidr cyfrwys. Setlodd wrth ei hymyl ar y soffa a gwrthod gadael. Roedd unigrwydd yn lojar parhaol yn ei chartref erbyn hyn.

Bu Rhys yn dda iawn wrthi hefyd, wrth gwrs. Roedd yn graig o gadernid ar ddiwrnod hunllefus yr angladd ac fe brynodd ffôn symudol iddi a'i ffonio'n ddyddiol yn ystod yr wythnosau cyntaf. Mor braf oedd ei gael ef, Sarah ei wraig ac Emily ei ferch fach – ei hwyres, i aros gyda hi yn ystod y dyddiau cyntaf wedi iddi golli Ifor. Roedd Emily'n tyfu mor gyflym a'i mam-gu wedi colli nabod arni bron.

Mae'r cloc uwchben y lle tân yn taro naw o'r gloch. Amser gwely. Hanner awr fach arall, meddylia wrth ei hun, ac fe fydd e ma.


*God*, sdim hyd yn oed teledu yn y lle ma. Bydda i wedi mynd yn hollol nyts erbyn nos Sul. A ma Mam a Dad wedi dechre dadle'n barod. 'Nath hynny ddim cymryd yn hir, do fe? Yr un hen ddadl ddiflas sy'n llwyddo i godi'i phen ble bynnag ry'n ni. Alla i glywed pob gair yn glir fan hyn o'r llofft, er 'mod i'n trio 'ngore i foddi sŵn eu dadle yn sŵn y CD.

'Ond be newn ni, Owen? 'Wi'n becso'n enaid

amdani. Dim hon yw'n merch fach ni. Dim fel hyn o'dd hi'n arfer bod.'

'Ma ishe dysgu 'ddi, Eirian. Dangos iddi shwt ma bihafio. Wyt ti'n rhy sofft o lawer – ma angen bod yn llym.'

'Ti sy'n rhy galed arni, Owen. Dim ond croten fach yw hi, mewn gwirionedd.'

'Croten fach? Mae'n dair ar ddeg, Eirian. Mae'n bryd 'ddi aeddfedu, cael gwared ar yr agwedd uffernol 'na sy 'da hi, ac ymddwyn yn fwy cyfrifol. Parch sy angen, Eirian, parch… '

Ac yna, bob tro, yn ddi-ffael, ma'r cymhariaethe 'da Guto yn bownd o lifo.

'Ma Guto wedyn yn shwt grwtyn da. Geithon ni rioed drafferth fel hyn 'da fe.'

Caewch eich cege, newch chi? Naddo, cha'th e rioed ei alw i stafell y prifathro. Wel, ddim am yr un rhesyme â fi, ta beth. Ga'th e ddim ei ddal yn smocio yn y toilede, na'n dwyn o'r siop amser egwyl, na'n sgwennu pethe anweddus am athrawon ar y bwrdd gwyn. Ond o leia ma 'da fi fywyd.

Bydda i'n teimlo'n aml fel torri ar draws eu dadle pathetig nhw. Sgrechen arnyn nhw ar dop 'yn llais i gau eu cege ac i stopio 'nhrafod i fel tawn i'n blentyn bach. Erfyn arnyn nhw i adel llonydd i fi. Ond dwi byth yn neud. Mae'n haws o lawer eu hanwybyddu nhw.

Be sy 'na i neud mewn lle fel hyn ar benwythnos oer

ym mis Tachwedd? Dim lot. Falle 'na'i drio dianc bore fory. Cael gwared ar Mam a Dad am awr neu ddwy, a mynd i weld pa siope sy yn Nhyddewi. Dim byd o werth, garantîd. Ffindes i bwrs sidan mas ar y clôs pan gyrhaeddon ni gynne. O'dd £60 ynddi hi. Falle galla i brynu cwpwl o tops fory, os o's unrhyw siop o werth yn y lle ma. Dw i'n credu falle mai'r hen fenyw 'na ym mwthyn rhif un sy bia'r pwrs, a'i fod e 'di cwmpo mas o'i bag hi. Neu hi oedd bia fe, ta beth. Tyff! Fi sy bia fe nawr!

Roedd hi wedi meddwl droeon am werthu'i chartre yn ystod yr wythnosau diwetha. Y cartre a rannodd gydag Ifor am hanner can mlynedd union. Ond i ble y gallai hi fynd? Dim i gartre henoed, roedd hi'n sicr o hynny. Doedd hi ddim am fyw yn ôl rheolau pobl eraill, fel rhywun wedi colli'i phwyll. Meddyliodd am symud i Gaerdydd, yn agosach at Rhys. Ond fe wyddai, yn ei henaint, na fedrai addasu i fwrlwm gwyllt bywyd y ddinas fawr. Roedd hi'n rhy hen i hynny. A doedd hi ddim am fod yn fwrn ar Rhys. Roedd ganddo'i gartre a'i deulu ei hun erbyn hyn, a gyrfa lwyddiannus. Ei fywyd ei hun. Na, adre byddai hi'n aros mwyach.

Mae'r tân ar fin diffodd yn y bwthyn bach, ac oerni'n disgyn fel bysedd rhewllyd dros y lle. Mae'r hen wraig ar y soffa'n crynu drosti, ac yn tynnu'r garthen wlân yn dynnach am ei choesau. Hanner awr wedi naw, a dim siw na miw oddi wrth Rhys.

Weithiau, yn ystod yr adegau gwaetha o dristwch ac unigrwydd mawr, methai'n lân â chofio sut yr edrychai Ifor. Clywai ei lais yn glir, a chofio'i freichiau cryfion yn dal amdani'n dyner hyd yn oed, ond methai â gweld ei wyneb yn glir yn ei meddwl. Dyna pam bod ganddi lun ohono fe gyda hi bob amser. Llun a dynnwyd ar ddiwrnod bedydd Emily, ar ddiwrnod braf o Fehefin dair blynedd yn ôl, ac Ifor â'i wên garedig yn llenwi'r ffrâm. Byddai'n cario'r llun gyda hi i bob man – yn ei phwrs arian sidan – ac yn ei osod yn ofalus o dan y gobennydd bob nos cyn mynd i gysgu.

Yn awr, wrth sylwi ar yr oerfel, y tywyllwch a'r amser ar y cloc mawr, ac wrth gyfadde'n dawel wrthi'i hun nad yw Rhys am ddychwelyd ati heno, mae'n estyn am ei bag llaw, am ei phwrs sidan, ac am y llun.


Maen nhw dal wrthi'n dadle. Maen nhw wastad fel hyn. Dw i'n casáu bod yn eu cwmni nhw. Mae'n iawn ar Guto – ma fe'n gallu dianc – symud bant i'r coleg ym mis Medi, a fydd dim rhaid iddo fe ddiodde'u cweryla plentynnaidd nhw. Dw i'n ysu am fod yn ddigon hen i neud 'na. Pum mlynedd, and counting.

Y gwir amdani yw mai eu bai nhw yw'r cyfan. Y ddau ohonyn nhw, gyda'u cwyno a'u disgwyliade di-ben-draw!

Petaen nhw ond yn gadel llonydd i fi fod yn fi, i neud beth dwi eisie 'da 'mywyd...

'Dere lawr fan hyn i siarad 'da dy dad a finne, Elin fach.'

'Dw i'n iawn ble ydw i.'

'Licet ti rhywbeth cyn mynd i'r gwely te?'

'Licen. Llonydd!'

Dw i'n casáu'n hunan weithie am fod fel hyn, am fod mor galed a chwerw. Ond alla i'm help. Bydda i'n meddwl weithie pa mor braf fydde cael siarad 'da rhywun am y broblem. Yn bendant, alla i ddim siarad 'da neb o'r criw – fydden nhw'n meddwl mod i'n sad. Sneb eisie gwbod, ta beth.

Wel, mae'n amser gwely. 'Na i roi'r larwm i fynd yn eitha cynnar bore fory i fi gael mynd o' ma cyn iddyn nhw godi, er mwyn cael bach o lonydd. Ma'r £60 'na 'da fi i'w wario...

Dwi'n teimlo ychydig bach yn euog am hynna i fod yn onest. Falle dyliwn i jyst fynd â'r pwrs arian nôl i'r hen wraig? Ond na, pam ddyliwn i? Hi sy ar fai am ei golli fe. Ma'n siŵr neith hi'm gweld ei eisie fe ta beth. Dwi'n gwbod yn iawn be fydde gweddill y criw yn 'i neud. Ond eto... Ma 'na gerdyn banc ma 'fyd, a cherdyn aelodaeth Merched y Wawr. A chwpwl o lunie – un o ferch fach tua teirblwydd oed â gwallt melyn pert; un o gwpwl, tua 30 oed yn edrych yn swish iawn; ac un o hen ddyn bach ciwt yn gwenu tu fas i gapel.

Wrth i'r glaw barhau i daro'n galed yn erbyn ffenesti bwthyn rhif un, llifa'r dagrau'n araf i lawr gruddiau'r hen wraig. Does ots yn y byd ganddi am yr arian pensiwn a gododd bore ma yn siop y pentref. Fedrith hi fyw heb hwnnw os bydd rhaid. Ond allai'r un swm o arian wneud yn iawn am y lluniau − llun Ifor yn enwedig − a oedd yn y pwrs bach sidan. Sut gallai hi fod mor esgeulus â'i golli? Chwiliodd bob twll a chornel yn y bwthyn amdano, ond yn ofer. Mae'n rhaid ei fod wedi disgyn o'i bag llaw yng nghar Rhys − dyna'i hunig gysur. Ond byddai Rhys wedi ffonio i ddweud, mae'n siŵr o hynny. Eto i gyd, does fawr o signal ar y ffôn symudol yma yng nghanol y bryniau, ond...

Wrth eistedd yno ar ei phen ei hun yn y bwthyn bach unig ac ar ôl sylweddoli iddi golli ei phwrs, fedr hi ddim peidio â theimlo'n ddig tuag at Rhys. Am ddod â hi yma ar ddiwrnod oer o Dachwedd a'i gadael ar ei phen ei hun. Am godi ei gobeithion na fyddai'n rhaid iddi fod yn unig, o leiaf am un penwythnos.

Mae'n codi'n araf ac yn cerdded draw at y ffenest. Mae'n dawel fel y bedd allan ar y clôs, dim sôn am gar yn unman. Mae'n sylweddoli na ddeith Rhys ati tan y bore bellach. Mae'n tynnu'r llenni am y tro olaf, ac yn ymlwybro draw at y grisiau. Cyn camu i fyny i'r gwely gwag yn y stafell oer, mae'n estyn am y swits i ddiffodd y golau. Ac wrth i'r cloc uwch y lle tan daro deg o'r gloch, canu hefyd a wna cloch drws ffrynt bwthyn rhif un...

# Torri Arferiad
## gan Gwenno Mair Davies

'Wyt. Ti *yn* licio menyn,' cadarnhaodd Llŷr yn bendant pan welodd y cylch melyn crynedig yn ymddangos ar groen llyfn Einir.

'Ond dydw i ddim. Ma'n gas gen i'r stwff,' atebodd hithau, a'i llygaid ynghau wrth iddi groesawu pelydrau'r haul ar ei hwyneb.

'Granda. Dydi'r blodyn melyn *byth* yn deud clwydde,' meddai Llŷr yn chwareus gan ddal y blodyn o dan ei gên unwaith eto. Thrafferthodd o ddim edrych ar adlewyrchiad llachar y blodyn y tro hwn, oherwydd roedd yn well ganddo graffu'n ofalus ar wyneb Einir, gan roi sylw i bob manylyn arno. Doedd o erioed wedi syllu arni mor fanwl â hyn o'r blaen, nac wedi sylwi pa mor ddel oedd hi mewn gwirionedd. Sylwodd o ddim ar y clystyrau o frychni haul oedd ganddi'n addurno'i bochau a'i thrwyn cyn hyn, nac ar y graith fechan, anweledig bron, uwchben ei llygad chwith.

'Paid â sbio arna i fel 'na, Llŷr.' Cilwenodd Einir, heb agor ei llygaid o gwbl. Ond parhau i syllu wnaeth

Llŷr, gan gosi ei gwddf yn ysgafn gyda'r blodyn menyn.

'Llŷr, stopia! Cer o'ma, 'ti'n blocio'r haul.' Roedd Einir yn benderfynol o fanteisio ar y cyfle i gael ychydig o liw ar ei chroen, gan fod yr haul wedi bod mor amharod i adael ei gwmwl ar hyd yr haf, tan heddiw.

Wrth droi oddi wrthi, cymerodd Llŷr anadl ddofn a llenwi ei ysgyfaint â'r awyr iach, wrth edrych ar yr olygfa gyfarwydd a chartrefol o'i gwmpas, gan droelli'r blodyn melyn rhwng ei fys a'i fawd. Teimlai mor gyfforddus yma ar fryniau'r ffriddoedd yn edrych i lawr ar y fferm. Gallai weld ei fam wrthi'n brysur yn hongian y dillad glân ar y lein yn yr ardd, ac roedd ei dad yn croesi Cae Rhosyn gyda bag trwm o fwyd defaid ar ei gefn yn barod i borthi'r ddiadell oedd yn ei ddisgwyl yn eiddgar wrth giât y weirglodd. Daeth pwl o euogrwydd drosto am nad oedd o ar y fferm yn helpu ei dad, ond diflannodd yr euogrwydd hwnnw'n ddigon cyflym pan drodd ei olygon yn ôl at Einir. Syllodd arni'n gorwedd yn heddychlon ar wely glas y gwair. Gwelodd hi'n crychu ei thrwyn ac yn estyn ei llaw i'w gosi, fel cath yn ceisio dal glöyn byw â'i phawen. Gwenodd Llŷr ac edrych ar y blodyn bychan, eiddil yn ei law fawr o. Llaw dal rhaw.

'Sbia, ma gen i bresant bach i ti'n fan 'ma,' meddai, ac ar hynny agorodd Einir un llygad mewn chwilfrydedd, i weld Llŷr yn cynnig y blodyn melyn iddi.

'Be? Hwn 'di 'mhresant i?' Holodd yn ffug-siomedig, gan godi ar ei heistedd a phwyso'n ôl yn ddiog ar un llaw, a derbyn y blodyn â'r llaw arall gyda hanner gwên ar ei hwyneb.

'Ia, ti'n 'i licio fo?' Closiodd Llŷr ati, cyn ychwanegu'n ddireidus, 'a ma gan 'hwn' enw 'fyd.'

'Oes, blodyn melyn. Gwreiddiol iawn,' meddai Einir yn wawdlyd.

'Blodyn menyn, neu crafanc y frân, hyd yn oed. Dyna fydde Nain yn 'i alw fo. A hwda,' meddai wrth estyn am flodyn arall o'r maes a'i gynnig i Einir, cyn ychwanegu, 'dyma i ti lygad y dydd i fynd hefo fo 'li. So, paid byth â deud nad wyt ti'n cael blode gen i!'

Crynodd ffôn symudol Llŷr ar y garthen wrth ymyl Einir. Wrth i Llŷr estyn amdani, cipiodd Einir y ffôn a'i dal y tu ôl i'w chefn yn gellweirus. Rhoddodd Llŷr ei freichiau amdani yn gariadus, ac wedi iddo blannu cusan ysgafn ar ei gwefusau, ildiodd hithau, a rhoi'r ffôn yn ôl iddo. Roedd Llŷr yn dal i wenu pan atebodd yr alwad, ond buan y diflannodd y wên.

'Beth? Ifan!'


Y gwir oedd, doedd Llŷr erioed wedi prynu blodau, nac erioed wedi taro'i droed dros drothwy'r un siop flodau. Dant y llew a chlychau'r gog a'u ffrindiau gwyllt oedd hyd a lled ei wybodaeth betalaidd. Mab fferm, a'i filltir sgŵar oedd ei fyd. Hogyn iawn, ond nid y teip i brynu blodau. Doedd o ddim hyd yn oed wedi trafferthu prynu cerdyn pen-blwydd, na cherdyn Santes Dwynwen heb sôn am flodau i unrhyw gariad erioed. A phob Sul y Mamau, roedd ei fam wedi gorfod bodloni ar gerdyn, neu focs o siocled os oedd hi'n lwcus. Yn sicr, chafodd hi erioed flodau ganddo.

Felly pan gamodd Llŷr i'r jyngl amryliw oedd wedi ei wasgu rhwng pedwar mur cyfyng y siop, doedd ganddo ddim syniad lle nac am beth y dylai ddechrau edrych amdano. Tan yr eiliad hon, roedd Llŷr wedi tybio'n syml mai casgliad o betalau wedi eu clymu'n ddel gan goesyn hir gwyrdd oedd blodyn, a'r rheiny'n tyfu'n wyllt ar gloddiau ac ar berthi allan yn y wlad. Ni freuddwydiodd erioed bod cymaint o amrywiaeth o blanhigion i'w cael. Roedd ystod eang o flodau yn yr Eden hwn, a'r rheiny o bob lliw a llun.

'*Can I help you?*' Bu bron i Llŷr neidio pan glywodd y geiriau yn cael eu hynganu mewn acen Saesneg grand o'r tu ôl iddo. Trodd i wynebu perchennog y llais gan deimlo'i hun yn gwrido. Safai gwraig gron o'i flaen, ei dwylo'n pwyso'n ddiog ar floneg ei hystlys a'i thrwyn wedi ei droi tua'r nef. Roedd ei hwyneb fel petai wedi cael ei beintio i gyd-fynd â'i siop liwgar, gyda phowdwr gwyrdd llachar ar ei hamrannau, côt drwchus o fasgara glas, powdwr oren ar ei bochau, a'i gwefusau'n bwll coch o liw gwaed. Edrychodd ar Llŷr yn ddrwgdybus dros ei sbectol gron a orweddai'n gam ar ei thrwyn main. Llyncodd Llŷr ei boer, wrth geisio cyfieithu ei ateb o'r Gymraeg i'r iaith fain yn gyflym yn ei ben.

'*I am... ym... I need some... ym... no... I mean, I... ym, want to, ym, buy some flowers.*' Wedi iddo straffaglu i orffen y frawddeg yn ei Saesneg gorau, gwenodd ei wên 'ylwch-annwyl-ydw-i', y wên a fu'n achubiaeth iddo rhag ambell gosb yn yr ysgol o ganlyniad i beidio â gwneud ei waith cartref. Gyda'r wên bwerus hon, gallai wneud i'r galon galetaf feddalu. Ond nid calon perchennog sarrug y siop flodau, fodd bynnag. Roedd yn syndod nad oedd gwep honno wedi gwywo holl flodau'r siop.

'A!' Ebychodd, cyn ychwanegu, 'Cymraeg ydach chi ia, ac eisio prynu blodau. Reit. *Carnations? Lilies? Gladiolis? Daliahs?*' Rhythodd Llŷr arni yn gegrwth.

Sylwodd y wraig ar yr olwg ddryslyd ar wyneb y bachgen ifanc a sylweddoli na wyddai'r creadur rhyw lawer am flodau.

'Lliw?' Roedd ei chwestiwn unsill yn ddigon i gyfleu nad oedd ganddi ryw lawer o amynedd gyda'i chwsmer anwybodus.

'Unrhyw beth, heblaw am binc,' atebodd Llŷr.

'Achlysur?' Saethodd cwestiwn swta arall o'i genau.

'Pen-blwydd… ym, deunaw mlwydd oed.' Teimlai Llŷr fel cystadleuydd mewn cwis teledu, yn ofni cael cerydd gan yr Anne Robinson amryliw hon.

'A faint ydach chi'n bwriadu ei wario ar *fouquet?*'

'Ym, tua pum punt?'

Gwelodd nad oedd wedi rhoi'r ateb a ddisgwyliai, ond roedd yn rhaid iddi fodloni ar hynny oherwydd doedd gan Llŷr ddim ceiniog yn fwy yn ei boced.

'Reit, dwi'n meddwl mai *carnations* fyddai orau i chi. Mae'r rheiny'n *cheap and cheerful.*' Ac i ffwrdd â hi i gasglu llond llaw o flodau.

Wedi dychwelyd, dywedodd ei bod am ychwanegu ychydig o blanhigion gwyrdd at y tusw er mwyn gwneud iddyn nhw edrych ychydig yn fwy deniadol. Galwai'r planhigion hynny'n '*foliage*' a phenderfynodd Llŷr mai enw crand am chwyn oedd '*foliage*'.

Cyn pen dim, roedd wedi lapio'r blodau mewn papur clir, ac wedi estyn ei llaw i dderbyn y pumpunt dyledus am ei thrafferth.

'Gobeithio y gwnân nhw blesio'r *lucky girl,*' meddai'n wawdlyd, wrth iddi ddal y papur pumpunt tuag at y golau a sicrhau bod y frenhines yno i wgu'n ôl arni.

'*Boy* actiwali,' cywirodd Llŷr hi'n smala, cyn diflannu drwy'r drws a gadael yr hen surbwch yn crychu ei thrwyn arno mewn anghrediniaeth.

Gwenodd Llŷr wrth feddwl sut byddai gwraig y

siop yn debygol o ddehongli hynny. Ond doedd ganddo'r un gronyn o ots. Doedd o ddim yn debygol o fynd ar gyfyl ei siop byth eto. Y tro nesa y byddai arno angen prynu blodau, byddai'n well ganddo yrru ychydig o filltiroedd yn bellach, yn hytrach na rhoi pres ym mhoced y snob yna eto. O leiaf byddai'n gwybod beth oedd enw'r blodau y tro nesaf, *carnations*. Gallai gofio hynny'n hawdd, gan ei fod yn hoff o Carnation Milk wedi ei daenu dros ei bwdin.

Fedrai o ddim beio'r hen jolpen yn y siop am ddod i'r casgliad anghywir ei fod o'n hoyw fodd bynnag, oherwydd, wedi'r cwbl, anaml iawn y bydd bachgen ifanc yn prynu blodau i'w gyfaill pennaf ar achlysur ei ben-blwydd. Wrth yrru'r siwrnai fer i ddanfon ei anrheg anarferol, ceisiodd ddychmygu beth fyddai ymateb Ifan wrth gael blodau ar ei ben-blwydd. Byddai fwy na thebyg yn chwerthin yn uchel drwy un ochr ei geg cyn sugno'n hir oddi ar sigarét a fyddai'n gorffwys yn y gornel arall.

'Be ddoth drosta ti, Llŷr? Wyt ti'n troi'n sofft ne' be? Be ddiawl wna i hefo bwnsh o flode, dwed? Ti'n 'y nabod i'n well na hynne dwyt siawns? Pam na faset ti'n prynu peint neu ddau i mi fath â pawb call arall, rŵan 'mod i'n ddigon hen i'w hyfed nhw'n gyfreithlon, 'de?' Rhywbeth digon tebyg i hynny fyddai ei eiriau. Oedd, roedd Llŷr yn adnabod ei gyfaill gorau'n well na hynny.

Ond eleni, yn wahanol i'r arfer, tusw o flodau fyddai Ifan yn ei gael ganddo ar ddiwrnod ei ben-blwydd arbennig. Serch hynny, doedd Llŷr ddim wedi anghofio traddodiad y criw o brynu gwydryn peint i'r un oedd yn dathlu ei ben-blwydd, ac o wybod na fyddai ei frodyr hŷn yn gweld colli un o'r côr o wydrau a safai mewn rhesi destlus yn y cwpwrdd adref, yr oedd wedi bachu'r gwydryn peint gorau cyn cychwyn.

Pan gyrhaeddodd, eisteddodd yn y maes parcio am ennyd a syllu'n fud ar y blodau yn sedd y teithiwr. Gwridodd rhyw fymryn wrth feddwl am hurtrwydd y senario. Estynnodd feiro a'r cerdyn plaen a roddodd ei fam iddo er mwyn ei roi gyda'r blodau. Bu wrthi'n ddyfal am rai munudau'n ceisio meddwl am neges i'w hysgrifennu ar y cerdyn. Fu Llŷr erioed yn un da gyda geiriau. Doedd 'Pen-blwydd Hapus,' fel y blodau, ddim yn addas rhywsut.

Penderfynodd ar neges a'i hysgrifennu yn ei lawysgrifen orau. Cydiodd yn y blodau, y gwydryn a'r cerdyn, gadael y car a cherdded ar hyd y llwybr. Wrth iddo nesáu at Ifan, gallai deimlo cryndod yn ei gerddediad. Roedd yna anesmwythyd yn gorwedd yn ddwfn yn ei berfeddion, rhyw deimlad annifyr na fyddai'n arfer ei deimlo o gwbl yng nghwmni'r Ifan hoffus a gofiai.

Rhoddodd y blodau i sefyll yn y gwydryn peint, a'u

sodro yn y ddaear feddal, yng nghanol y môr o flodau eraill a alarai'n ddigalon ar lan y bedd. Cyn gosod y cerdyn yn ofalus yn y gwydr peint, cymerodd un cipolwg arall arno trwy'r dagrau a gronnai yn ei lygaid, i wirio bod y neges yn addas:

I Ifan,
Sori am y blodau. Ddim yn
gwybod be arall i'w gael.
    Gyda hiraeth mawr amdanat ti.
            Llŷr

# Ffrîc
## gan Llinos Dafydd

Tybed pwy fyddai ei gwsmer heddiw? Wrth iddo gwpanu ei fwg o goffi oer, canolbwyntiodd Ifan ar y wefan o'i flaen, ac wedi iddo besychu a thagu ar ôl cymryd llymaid o'r hylif du, penderfynodd mai syrffio i'r ystafell sgwrsio cerddoriaeth fyddai'r ymweliad heddiw. Llusgodd ei lygoden i'r man priodol, a dyna gychwyn ar ei waith...

Roedd hi'n ddydd Sadwrn braf, a'r dre dan ei sang gyda phraidd o blant yn mynnu manteisio ar freichiau croesawus yr haul, yn chwarae ac yn chwerthin bob yn ail. Gwibiai'r ceir llwythog heibio gan fod Morus ac Ifan y Glaw wedi penderfynu mynd ar wyliau dros y penwythnos yma. Baban bach yn syllu ar y blodau o'i gwmpas, gan eistedd yn ei bram mewn rhyfeddod. Hen wragedd yn llusgo eu bagiau boliog ar y palmant cul, gan anwybyddu udo sgerbwd o gi tenau gerllaw. A dweud y gwir, ni chymerai neb unrhyw sylw ar ei gri am gardod, gan fod miri'r diwrnod yn boddi ei ble. Amser yn cerdded ar ei daith ddyddiol, gyda phobl yn trysori a chofleidio pob eiliad o'r dydd, wrth geisio manteisio ar ei hyfrydwch. Cymaint oedd eu pleser fel na sylwai neb ar yr adeilad llwm yn sefyll ar ochr y stryd yn bloeddio am got o baent. Y borfa o flaen y tŷ wedyn yn erfyn am gael ei dorri a'r chwyn yn estyn am rywun i'w gwaredu rhag y byd.

Yng nghrombil yr adeilad, eisteddai tramp o ddyn canol oed, yn ei ddigonedd o flaen sgrîn ei gyfrifiadur, yn ddall i holl brysurdeb y stryd y tu allan. Yma, yn ei swyddfa y byddai'n llechu bob dydd, â'u fysedd swmpus yn troedio'r llythrennau. Clic fan hyn a chlic fan draw. Dim sŵn arall, dim ond atsain y cliciadau o fewn y muriau tywyll. Sibrydai'r awel yn dawel bach o dan y drws, fel petai'n rhannu cyfrinach, a'r haul yn taenu'i belydrau ar flerwch y lle. Yn wir, ar ddiwrnod fel heddiw, mor amlwg oedd trwch y llwch ar y celfi, wrth i'r goleuni wthio'i hun yn drafferthus drwy'r twll bach yng nghornel ucha'r ystafell. Nid oedd hi'n fwriad o gwbl gan y dyn i fentro allan i'r stryd, oherwydd yno yr eisteddai yn ei ddillad isaf du, tyllog, â rholyn ei fola yn gorlifo drostynt. Er ei fod yn ei galw'n swyddfa, eto i gyd mae'n amlwg mai yno y byddai'n treulio'i holl amser – rhacsen o sach gysgu yn bentwr ar y llawr, crys chwys rhychiog yn dwmpath a sanau drewllyd yn denu pob math o drychfilod amheus. Ar y silff lyfrau gerllaw, mynnai rhyw fframyn bach hoelio'r sylw i gyd yng nghanol y côr o lyfrau crefyddol, ac ynddi, luniau amrywiol o ferched ifainc yn eu harddegau. Roedd eu prydferthwch yn gwahodd y llygad – a dyna'r unig beth na foddwyd dan y llwch.


'Hei! Gwenllian? Dwi 'di bod yn gweiddi ers hydoedd, groten!' Stompiodd Eirlys i fyny'r grisiau, gan faglu dros y sothach ar ei thaith. 'Shwt wyt ti fod clywed unrhyw beth, gyda'r rwtsh 'na'n sgrechian mas o'r weirles?!'

'MAM!!' Bloeddiodd Gwenllian, wrth iddi stryffaglu a thasgu ar hyd y lle'n gwneud ymarferion i'r gerddoriaeth wallgof. 'Dwi 'di gweud o'r bla'n! Cnoca cyn bo ti'n dod mewn i'n stafell i – a stereo yw e, dim weirles! Chi mor hen ffash!'

'Ma brecwast ar y bwrdd – bacwn, wy a sosej.'

'Sa i'n credu bo' ti'n gwrando arna i o gwbwl,' meddai Gwenllian gan siglo'i phen mewn anghrediniaeth. 'Ti'n gwbod 'mod i'n edrych ar ôl fy ffigyr – y peth ola dwi'n moyn yw llond plât o fraster!'

Wedi syllu ar ei merch yn flin, aeth Eirlys 'nôl i'r gegin, gan adael i Gwenllian orffen ei hymarferion dyddiol gyda Kelly Jones y Stereophonics. Ar ôl iddi gael digon arnyn nhw, estynnodd am yr enfys o golur, a dechrau plastro'i mwgwd am y dydd. Rhwng diawlio brefiadau'r defaid yn y cae ger llaw, a digalonni wrth sylweddoli bod angen gwneud gymaint o ymarfer corff cyn cael stumog fflat, llithrodd Gwenllian i'w chadair a throi at ei chyfrifiadur.

*BLIP-BLIP.* 'O yffach! Ble ma'n ffôn i nawr? Dwi'n difaru ca'l un mor fach! Am un mor fach, ma sŵn ar jiawl 'da fe – hei, ychydig bach fel y twmffat cegog 'na, Tanwen Rhyd-ddu! Ma hi mor dene â thafell bara Mam-gu, ond ma PAWB yn gwbod pan ei bod hi o gwmpas! Dim byd ond sŵn!' Wrth geisio anghofio am lais gwichlyd Tanwen, gafaelodd Gwenllian yn ei ffôn, a oedd yn ymsleboga yng nghrombil ei gwely.

Haia lyfli! T'she dod i'r trath? Ni'n mynd whap, so rho wbod! Twdl pips, Cat xx

'Hy! Fi mewn bicini? Nefar in Iwrop gwd boi! Bydden i'n hoelio sylw pawb, fel tase *Sporty Spice* yn mentro mas mewn stiletos!' Chwerthodd yn dawel bach cyn ymateb yn syth;

Heia pwt! Wel, sa i rili moyn a bod yn onest. Gofynna i fi 'to mewn mis pan fydda i'n seis 10! Ma digon o forfilod i gal yn y môr – smo pobol ishe gweld un arall ar y trath! Diolch am y cynnig! Gweld ti cyn bo hir, Gwen x

'Mor hawdd fydde gweud celwydd fan hyn,' meddyliodd Gwenllian wrth anfon ei thecst, 'ond sa i'n mynd i syrthio i'r trap 'na.' Yn ei diniweidrwydd, trodd at sgrîn ei chyfrifiadur, gan wenu'n fodlon wrth weld bod deg neges yn ei haros. 'Rwtsh... rwtsh... rwtsh... ' ailadroddodd Gwenllian fel pwll tro. 'Myn yffach i, o ble ma'r holl rwtsh ma'n dod? Na, sa i'n moyn manylion am bensiwn – un deg saith odw i, dim saith deg!' Rhyfeddai Gwenllian ar gynnwys pathetig ei chyfrif e-bost, ond yng nghanol y cyfan, mynnodd crafangau un neges gipio'i sylw.

I: gwenllian_haf@sgwarnog.com
Oddi wrth: ifan_dafydd@cymru.com
Pwnc: cerddoriaeth

Helo Gwenllian. Pan o'n i'n pori trw'r we, sylwais ar dy ddiddordeb di mewn cerddoriaeth. Os oes gen ti MSN Messenger, gallwn ni ga'l sgwrs fach? Dwi'n dwli ar y Sîn Roc Gymraeg, ond sdim diddordeb 'da'n ffrindie i o gwbwl. Bydde fe'n neis ca'l sgwrs 'da rhywun sy'n rhannu'r un dileit.
Cofion
Ifan

Syllodd Gwenllian yn hurt ar y sgrîn. 'Be ar y ddaear...? Jiw, rhywun arall sy 'di gweld y goleuni – ma'r Sîn Roc Gymraeg yn... wel, yn rocio! Tybed lle cafodd e 'nghyfeiriad i?' Pendronodd am ychydig, cyn cofio am ei hymweliad â gwefan sy'n trafod cerddoriaeth amrywiol, lle gwnaeth hi osod ei phroffil:

Enw: Gwenllian Haf
Oed: 17
Swydd: Na, dim diolch! Gwaith ysgol yn hen ddigon!
Diddordebau: Gwrando ar gerddoriaeth llwyth o fandie e.e. Stereophonics, Ash, Snow Patrol... a gwrando ar CDs Ashokan, Mozz, Pep le Pew a'r Llwybyr Llaethog.
E-bost: gwenllian_haf@sgwarnog.com

'Be wna i, tybed?' meddyliodd Gwenllian wrth iddi ailddarllen yr e-bost yn gyflym. 'Man a man i fi ymateb, achos dwi ddim yn dod ar draws rhywun arall sy'n hoffi'r un math o gerddoriaeth â fi'n aml iawn. Pawb arall yn shalibopan i blincin Pink, Britney a Low... w, sori – WESTlife!!'

I: ifan_dafydd@cymru.com
Oddi wrth: gwenllian_haf@sgwarnog.com
Pwnc: Helo

Helo Ifan. O's, ma 'da fi MSN Messenger, so ma croeso i ti roi nghyfeiriad i ar dy rester di. Waw! Fi'n ffili credu bod rhywun ifanc arall yn hoffi cerddoriaeth Cymraeg ac yn cysylltu 'da fi! Cewn ni sgwrs whap te!
Gwen

Hymian y crwbanod o geir, yn araf-lusgo'u hunain ar hyd yr heol a chwyno beunyddiol y plant... Dyna oedd y cefndir i Ifan o hyd, ac yntau ymhell bell i ffwrdd mewn rhyw fyd bach arall. Byd bach Ifan. Doedd e ddim yn sylwi ar holl fwrlwm y stryd – roedd pethau pwysicach ar ei feddwl. O dan y blew brith ar ei ben, llechai meddylfryd dyn digon amheus. 'Hmmm, diddorol... ' meddyliodd Ifan wrth iddo ailesmwytho'i hun yng nghaledwch ei gadair. Sylwodd ar y neges newydd yn ei gyfrif e-bost, ac fe ymatebodd yn syth, wrth iddo weld bod y Gwenllian yma wedi logio i mewn i'r stafell sgwrsio.

– Haia Gwenllian!
– W, helô! Jiw, ma fe mor cŵl gweld bod rhywun mas 'na'n gwbod nad math o anifail yw Mozz!
– O, dwi'n gwbod. Stim clem 'da rhai pobol, o's e?!

'Ie... a finne'n un o'r rheini,' cyfaddefodd Ifan wrth ei hunan. Mewn gwirionedd, dirgelwch pur oedd bandiau roc i Ifan. Ei gyfrifiadur, y we, y *tabloids*, cylchgronau... a'i fframyn – dyna oedd ei fyd. Ni fentrai allan i'r byd 'go iawn' – suddai'n ddwfn yn ei swyddfa fyglyd, gaethiwus, a chau ei lygaid ar bob dim o'i gwmpas.

– Hei – be t n meddwl o Kentucky AFC te Ifan?

– Wel, hmm… ma nhw'n ocê sbo. Ond ma'n well 'da fi McDonalds i weud y gwir – yn enwedig Big Mac.

– Am be wyt t n parablu? Sa i'n deall!!

– O… Dim ond jôc – wrth gwrs, dwi'n gwbod pwy y'n nhw! Ma nhw'n ocê.

– Jyst ocê? O'n nhw'n WYCH yn Roc y Castell lenni – o t na?

– Na, dim leni. Odd rhwbeth arall mlan 'da fi yn anffodus. A dyw Caerdydd ddim yn apelio ata i'n bersonol.

– Caerdydd???! Yn Aberystwyth o'dd e 'ychan!! Fan'na ma fe bob blwyddyn!

– O! Ma diddordeb mowr 'da fi yn y Sîn Roc Gymraeg cofia… dwi jyst yn dy gamddeall di weithie, 'na gyd!

– O, reit…

– So, beth yw'r gig nesa sy ar dy restr di te?

– Sesiwn Fawr Dolgelle, wrth gwrs! Paid gweud bo t ddim yn gallu mynd fan'na 'fyd?

– O ie, pryd ma fe?

– Co ni off to!! T n byw yn dy fyd bach dy hunan weden i! Ma hysbysebion i gal ym mhobman yn sôn amdano fe! Penwythnos nesa ma fe 'chan… Ma Super Furry's 'na nos Wener! Ffili aros! A ma ffefrynne fi 'na – ANWELEDIG!! Wehei! Dwi wir yn parchu dawn gerddorol yr hogia o'r Blaenau! Sgen t hoff gân 'da nhw?

– Ymmm, wel na, dim rili. Hoffi nhw i gyd!

– Yffach , so t 'n lico gweud dy farn wyt t? O feddwl bo t'n dwli ar gerddorieth Gymraeg, sdim lot 'da t weud o's

e? Swil wyt t, ne beth...
– Ie, 'na t! Swil iawn! Bydda i'n mynd i Ddolgelle siŵr o fod.
– Am y penwythnos cyfan?
– Sa i'n siŵr to – be amdanat t?
– Wel am y penwythnos cyfan wrth gwrs!! Dwi'n rili hard
côr pan mae'n dod i bethe fel 'na! V 'n mynd i gal 'rebel
wîcend!'
– Bydda i 'na nos Wener. Be am gwrdd?

Yn sydyn, syrthiodd gwep Gwenllian mewn
rhyfeddod wedi gweld geiriau diwethaf y sgwrs.
Doedd hi ddim wedi arfer â chael sylw gan y rhyw
wrywaidd, heb sôn am wahoddiad dros y we fel hyn.
Clywodd clindarddach ei mam yn golchi llestri yn y
gegin, gan ei hysgwyd o afael ei synfyfyrion. Yna,
cuddiodd y sgwrs yn sydyn ar ôl clywed strimp-
strempian ei brawd wrth iddo redeg fyny'r grisiau.
Wedi oedi ac oedi rhag parhau gyda'i sgwrs, gafaelodd
Gwenllian yn y llygoden eto a chychwyn gyda'i
theipio.

Chlywodd hi mo'i brawd yn araf droedio ar draws
ei hystafell, er mai dim ond sibrydion Super Furry
Animals ar y stereo a sisial cyson y cyfrifiadur oedd ei
hunig gwmni. Yn sydyn, ymddangosodd rhyw ben y
tu ôl i'w hysgwydd, a sbonciodd Guto i floeddio yn ei
chlust gan sathru ar ei Chadair Idris o gylchgronau
*Cosmopolitan*.

'BW!' Neidiodd Gwenllian o'i sedd, gan greu helbul a halibalŵ wrth geisio cuddio sgrîn ei chyfrifiadur.

'Be yffach ti'n meddwl ti'n neud?!' sgrechiodd Gwenllian gan wthio'i brawd allan o'i theyrnas bersonol hi.

'Hei, smo ti'n ca'l sgwrs 'da rhyw fachan wyt ti, Gwen?' gofynnodd Guto rhwng pesychu a thagu. 'Y peth ola dwi moyn yw chwaer lyfi-dyfi, yn glafoerio dros ryw hync!' Gwthiodd Gwenllian ei brawd o'r neilltu, gan roi un floedd hir. 'MAAAAAAAAAM...' Rhwng chwerthin a thasgu, ildiodd Guto.

'Ocê, ocê... Sori, byt!' Rhedodd allan o'i hystafell a gadael Gwenllian wrth iddi ddisgyn yn un twmpath ar ei gwely. Gafaelodd yn ei hesgid, a'i thaflu'n ddidrugaredd at y drws, yn y gobaith y byddai'n taro Guto glep ar ei ben-ôl. Gollyngodd ochenaid o ryddhad, a chodi i ailafael yn ei sgwrs.


'Pam yr holl oedi ma?' meddyliodd Ifan, â'i stafell bellach yn fyglyd wrth iddo bwffian ar ei sigarét yn ddwfn. Ni thrafferthodd i ailofyn y cwestiwn, ond doedd e ddim yn mynd i ildio ar ddiniweidrwydd y ferch hon. 'Fe ddaw hi 'mhen amser... '

Enw: Ifan Dafydd
Oedran: 19
Swydd: Stiwdant tlawd
Diddordebau: Cerddoriaeth o bob math, a chymdeithasu.
E-bost: ifan_dafydd@cymru.com

Yno, yn ei phenbleth, eisteddai Gwenllian gan gnoi ei hewinedd hirion a darllen y proffil. Ni theimlodd bresenoldeb llechwraidd y tywyllwch yn sleifio o'i chwmpas. 'O, diolch byth!!' ochneidiodd yn dawel. 'Ma Nia 'di logio mewn yn y stafell sgwrsio.'

– Hei Nia!
– Iow bêb! Be sy'n digwydd yn dy fyd bach di heddi te pwt?
– Weeeeeel, v'n siarad 'da rhyw foi 9r – Ifan, a sa i'n siŵr iawn be i neud…
– O ie, Ifan ife??! A pwy yw hwnnw pan mae e gatre?? Paid â gweud bod lyfyr boi 'da'r hen Gwenllian, o's e?!
– Hmm, fi mewn sefyllfa itha doji a gweud y gwir. Ma fe'n foi cŵl a phopeth, a ma fe'n RILI lico'r un gerddorieth â fi…
– Ond? (Ma 'ond' yn dod nagos e – fi 'lly teimlo fe yn 'y nŵr!)
– Wel, ma fe ishe cwrdd yn y Sesiwn Fowr nos Wener! A, wel, y broblem yw… Stim byd da v i wisgo! V rili moyn creu argraff t'mod!

– Hold ddy bôt am eiliad 9r te groten… T'n gweud 'tho v bo t'n mnd i gwrdd â rhyw foi t jst di cwrdd â fe ar y we?? Gwen – ma hwnna'n hollol hurt! Ma fe'n foi dierth!

– Ie – ond dyw e ddim fel rhai o'r rhai despret 'na dwi 'di dod ar eu traws yn y gorffennol. Ma 'da fe wir ddiddordeb yn y Sîn Roc Gymraeg… a ma fe'n stiwdant!

– A t wir yn credu fe?? T 'di trafod cerddoriaeth yn fanwl 'da fe? Achos falle do's 'da fe ddim clem am y Sîn Roc Gymraeg! Galle fe fod yn bidoffeil hanner cant oed neu rwbeth, Gwen!

– Neu galle fe fod yn rêl stynyr, 'da mysyls yn y manne iawn! A dwi wedi trafod cerddoriaeth 'da fe – a v'n credu bod 'da fe ddiddordeb yn y Sîn Roc Gymraeg, er bod e 'di cam-ddeall v weithie pan o'n i'n sôn am y gwahanol fandie…

– Ody fe d sôn am ei hoff fand yn y Sîn? Neu ife t sy'n neud y siarad i gyd?

– Wel… v sydd yn trafod y bandie, ond ma fe'n cytuno 'da popeth v 'n gweud…

– Yn hollol!! Gwen – mwy na thebyg bo dim cliw 'da fe am y Sîn Roc… Ma fe jyst ar ôl un peth – a t yw honno! –Pe bydde fe'n deall i stwff, byddech chi'n ca'l sgyrsie hir am gerddoriaeth – cytuno?

– Wel…

– Gwranda arna i 9r te groten – fydden i ddim yn mentro…

– Pam?? T ddim yn nabod e, wyt t?! T wastad yn edrych

ar yr ochr dywyll o fywyd! V 'n credu y bydde Dolgelle yn fan delfrydol i gwrdd ag e! Bydd digon o bobol o gwmpas...

– Gwenllian, t'n ffrind i fi ocê, a sa i'n moyn i ryw foi gymryd mantais ohono t. T'n golygu gormod i v gwd gyrl! Tase t'n ca'l dewis, fydde t'n am gwrdd â rhyw foi dierth, neu a fydde t'n fwy parod i fnd ar ddêt rhamantus 'da rhyw foi bach t d bod yn llygadu ers misoedd??

– Beth??

– Ma 'da fi newyddion i t...

– Dere 'mla'n te – gwed!

– Wel t'mod y bachan 'na sy'n gweithio yn y siop fara lysh 'na yn dre?

– Mmm... odw glei – vn nabod e'n iawn... a ma'r lle mond yn lysh achos bod e na! Na hync i t os buodd na un eriod!

– Es i 'na bore ma i brynu brechdan ham, a nath e ofyn am dy rif di!

– Do fe?!! No we, t'n tynnu 'ngho's i?!!

– O waelod nghalon i – v'n gweud y gwir! A ma fe'n ffan o Anweledig!!

– Waw!


Eisteddodd Gwenllian yno mewn breuddwyd am funud, cyn codi a diffodd y cyfrifiadur. Heb yn wybod iddi, caeodd Gwenllian y drws ar gamau cyfrwys y tywyllwch. Yr ateb iddi hi nawr? Wel, hwfft i'r deiet!

Brechdanau ham a mwstard, cacennau hufen a donyts iddi hi bob dydd o hyn allan, gyda phinsied o hyncrwydd y pishyn tu ôl i gownter y siop fara'n gorlifo dros y cyfan!

I: ifan_dafydd@cymru.com
Oddiwrth: gwenllian_haf@sgwarnog.com
Pwnc: Sori...

Helô. Nes i ddim ateb yn syth, ond v 'di meddwl a chrafu pe a, sa i'n mynd i gwrdd 'da ti... achos sa i'n credu bo t wir yn deall y Sîn Roc Gymraeg rili, wyt t? V'n credu bo pobol fel t'n sâl – v ffili credu 'mod i d bod mor hurt i feddwl bo t'n fachan ifanc real! Gwna ffafr â dy hunan... cer mas i'r byd go iawn boio, yn lle trio creu trap i ferched fel v! Wel, 'na fe – v d gweud fy ngweud 9r. W ie, anghofies i weud – t'n ffrîc!!
Hwyl... am byth!
Gwenllian

Na, ni fyddai neb yn sylwi ar yr adeilad llwm hwnnw a oedd yn bloeddio am baent ar ochr y stryd. Erfynai'r porfa am gael ei dorri ac estynnai'r chwyn am rywun i'w gwaredu o'r byd. Yr unig gwmni i'r hen ddyn budr yn ei swyddfa tu mewn i'r adeilad oedd ei gyfrifiadur, a'i fframyn ffyddlon ger llaw. Estynnodd

Ifan am y fframyn hwnnw, a'i fwytho'n gariadus, cyn i grafangau tonfeydd y cyfrifiadur ei gipio unwaith eto i syrffio am ei darged nesaf...

# Melonglwm
## gan Fflur Dafydd

Heddiw, fe gyrhaeddais adre i weld melon mawr di-lygad yn rhythu arna i. Dydw i ddim yn or-hoff o felonau, fel y cyfryw. Mentraf hyd yn oed ddweud mai ffrwythau'r diafol ydyn nhw. Ac mae Seb, fy nghariad, yn gwbod hynny'n iawn. Ei gynllun, meddai e, yw f'addysgu sut i ddofi fy nhafod gysetlyd, amrwd, a gwneud i mi werthfawrogi'r pethau da; hyd nes y bydda i'n eu caru, gymaint ag rwy'n ei garu fe. Ac mae'r cynllun wedi gweithio. Dros yr wythnosau diwetha mae wedi llwyddo i fy argyhoeddi 'mod i'n hoff o bupur coch, *cous-cous*, cawl pysgod, wyau siocled, marchysgall, grawnffrwyth pinc, cacen shiffon blas oren, fodca Aberhonddu, gwin Pant-teg, menyn Llangadog, a chaws-mwstard-a-chwrw-y-Fenni.

Ond mae gofyn i mi fwyta melon yn rhywbeth arall. Mae hyn yn fwy na chyfaddawd. Ers i mi dorri 'nhroed pan oeddwn yn saith oed, a hynny trwy ollwng clamp o ddyfrfelon arni, alla i ddim edrych ar felon heb ei gysylltu â phoen. Yn fwy na hynny; bob tro y bydda i'n dod wyneb yn wyneb â melon, rwy'n clywed nifer o synau hunllefus. Y tro diwethaf i mi weld melon, clywais y crac erchyll hwnnw wrth i asgwrn fy nhroed hollti'n ddau fel boncyff, clywais swn teiars y car yn crensian i lawr llwybr y tŷ, a chlywais swn fy mrawd bach yn chwerthin, ac yn gwasgu bol ei dedi-sy'n-siarad er mwyn iddo ddweud '*Mae Huwcyn yn ffrind i ti*' drosodd a throsodd. Synau'r byd sy'n bygwth. Synau'r gorffennol yn gafael am fy ngwddf.

Yn sgil hynny, rwy i wedi addo i mi fy hun na wna i byth eto adael i sudd melon lithro'n felys dros fy ngwefus.

Ond mae Seb yn ddyn penderfynol.

'Beth yw hwn?' gofynnais, gan ddal fy ngelyn melyn rhwng fy nwylo. Swn mam yn twymo llaeth yn y gegin. *Paid â llefen nawr, bach. Yfa hwn.*

Mae Seb yn sefyll ar y gwely heb grys, yn newid bylb. Mae e'n tynnu ei sbectol ac yn syllu arna i, er bod hynny'n golygu na all fy ngweld i'n hollol glir. Rwy i'n syllu'n ôl. Mae e'n ddi-derfyn-hardd, yn disgleirio fel dannedd y lloer.

'Melon,' atebodd.

'Dwi'n gwbod mai melon yw e. Beth ma fe'n neud fan hyn?'

'Sa i'n gwbod. Jyst syniad. Meddwl falle bod hi'n amser i ti ailystyried.'

'Wel dyma rywbeth i *ti* ei ystyried.'

Dwi'n taflu'r melon yn erbyn y wal. Mae'r cnawd meddal yn gwaedu ei sudd tryloyw dros y papur wal. Nid yw Seb yn symud. Mae e'n newid y bwlb. Dyma beth mae Seb yn 'i neud pan fydd 'da ni broblemau – newid bwlb, os oes angen gneud ai peidio. Mae e'n credu mewn golau, medde fe. Fel taswn i ddim.

'Gobitho bo ti'n mynd i glirio hwnna,' meddai, heb dynnu ei lygaid oddi ar y nenfwd.

'Ydw.' A gwir y gair, rydw i'n clirio'r llanast, a hynny yng nghanol sain *Mae Huwcyn yn ffrind i ti. Mae Huwcyn yn ffrind i ti. Mae Huwcyn yn ffrind i ti – gwasga'i fola fe.* Dwi'n lapio'r croen melyn mewn hen bapur newydd ac yn ei daflu allan gyda spaghetti ddoe.


Dwi wedi caru Seb ers 128 o ddiwrnodau. Cymaint yw anferthedd fy nghariad ar brydiau nes gwneud i un diwrnod deimlo fel blwyddyn gron. Y tro cynta i mi ei weld, roedd e'n sefyll rhwng y ceirios a'r pomegranad yn yr archfarchnad. Roedd yn fron-noeth bryd hynny hefyd, os ydw i'n cofio'n iawn, a'i asennau'n lledaenu fel adenydd ystlum ar ei fynwes. Roedd e'n chwilota am ei sbectol rhwng y ffrwythau.

'Odych chi'n iawn?' holais, yn swil, gan droi cudyn o wallt yn ara o gylch fy mys bach. Roeddwn i'n fflyrtio hyd yn oed bryd hynny.

'Ydw i'n edrych yn iawn i ti?' holodd, gan

giledrych arnaf. Roedd ei lygaid fel marblis bychain yn ei ben. Roedden nhw'n annaturiol o agos at ei gilydd, hefyd. A dyma ydi harddwch, yn fy llygaid i.

'Wedi colli rhwbeth, wyt ti?'

Syllodd arna i drachefn ac ysgwyd ei ben. Yna, heb ddweud gair, tynnodd sbectol allan o'i boced a'i gosod ar ei drwyn. Edrychodd arna i am ryw bedair eiliad ar ddeg.

'Wastad yn cario pâr sbâr,' meddai. 'Ma 'na rwbeth yn digwydd iddyn nhw bob dydd.'

Ac i ffwrdd ag e.


Heddiw, fe gyrhaeddais adre i weld bod Seb wedi prynu melon arall. Y tro yma, fe ddois o hyd iddo yn y oergell, ar yr ail silff. Yn ddieflig o annisgwyl fel pen dafad. Ond y tro hwn, roedd wedi ei gerfio'n siâp basged, ac roedd yn orlawn o ffrwythau gwaedgoch y goedwig. Teimlais sgrech y gorffennol yn chwyrlio yn fy ngwddf.

'Wel?'

Gallwn deimlo ei lygaid yn pefrio trwof.

'Wel, beth?'

'Be ti'n meddwl o 'nghampwaith?'

Dwi'n troi i'w wynebu. Mae e'n gwisgo crys-T tynn tynn, ac arno mae llun o *Tony the Tiger* a'r geiriau *Some you win, Some you win*. Mae e'n edrych mor hunanbwysig a naïf â rhywun sydd newydd dderbyn y wobr gynta am y naid driphlyg mewn mabolgampau ysgol. Dwi'n cydio mewn mefusen ac yn ei thaflu ato. Mae hi'n ffrwydro'n ysgafn ar ei foch ac yn dripian dros ei glust chwith.

'O'n i'n meddwl falle bydde cyflwyniad gwell yn temtio.'

'Melon yw melon, Seb.'

'Llwyaid fach.'

'Na.' Galla i deimlo gwingo yn fy nhroed, fel petai'r asgwrn yn protestio.

''Neith hwn ddim torri dy droed di.'

Ar y gair 'troed', mae fy hunllef yn seinio drachefn. Clywaf sŵn y ffôn yn canu, fy nhad yn cau drws yr hen gar oren ac yn gofyn *alli di rhoi pwyse arni hi?* sŵn y gath yn wylo tu ôl i ni wrth i ni yrru i ffwrdd, sŵn *Barod am Roc* yn cael ei fwydo i'r chwarewr tâp. Sŵn fy mrawd yn sugno *Chewits* ac yn gwasgu bol ei dedi bêr.

'Lle yffach 'nest ti ddysgu gneud pethe fel 'na, beth bynnag?'

Mae 'na ddirmyg yn ei lygaid. Fel petai'r cwestiwn yn un hurt.

''Nes i weld e ar *Neighbours* yn 1991. Na'th Beverly, gwraig newydd Jim, drio profi bod hi'n gallu coginio trwy neud swper i bawb. Ond do'dd hi ddim yn gallu coginio. O'dd y prif gwrs yn ofnadwy, a'r cig yn galed, a phawb yn trio plesio trwy ffugwenu – heblaw am Gail wrth gwrs, am ei bod hi ar ddeiet o achos bod ganddi ryw fet gyda Paul, a wedyn na'th Beverly, gan ei bod hi'n *good sport,* gyfadde bod e'n ofnadw a chlirio'r platie. Yna, a'th hi i'r ffridj, a nôl hwn.'

Mae Seb yn cymryd saib o'r stori er mwyn mynd at y fasged felonaidd. Dyw e ddim yn cydio yn y ddolen, fel rwy'n disgwyl iddo, ac mae'n ei ddal rhwng ei ddwylo'n ofalus, fel gwydr brau. Am ryw reswm, dwi'n hynod o eiddigeddus o'r melon. Dwi ddim yn cofio'r tro diwetha iddo ddefnyddio'r fath dynerwch wrth fy nhrafod i. Mae arna i eisiau wylofain ac udo fel morlo blin.

'Reit, felly… ma Beverly yn mynd i nôl hwn o'r ffridj ac yn penderfynu, er bod pawb wedi cael pryd ofnadw, ma nhw'n mynd i fwynhau'r pwdin. Ond, yn hytrach na chydio ynddo fe fel hyn, yn ofalus, fel fi'n neud nawr… mae hi'n cydio yn y ddolen… sydd yn syniad hollol hurt… achos sdim un dolen fach felen fel hyn yn mynd i ddal yr holl ffrwythau eraill 'na, o's e?'

'Na.' Fedra i ddim credu 'mod i hyd yn oed yn gwrando ar y stori, heb sôn am ymateb. 'A beth ddigwyddodd?'

'Hyn,' meddai, gan rhoi gwên-lydan-chwarter-melon i fi.

Cydiodd yn y ddolen. Clywais y wich wrth i'r cnawd gwyrdd hollti, a gwyliais mewn syndod wrth i gawod o gyrens duon, mefus, mafon, a mwyar dywallt yn drwch drwy'r awyr. Yng nghanol y cyfan, gorweddai sgerbwd mawr melyn, hylifog. Petawn i'n chwilota go iawn, mae'n siŵr y down o hyd i fy nhroed yno'n rhywle.

'Ac wedyn,' meddai, wrth rolio sigarét, 'rhedodd Beverly mas o'r stafell yn llefen.'

Rhedais i allan o'r ystafell yn llefain.


Yr ail dro i mi gyfarfod Seb, roedd e'n sefyll tu allan i'r archfarchnad yn dadlau gyda'r dyn trolis am brisiau moron. Roedd ganddo gopi o *Back to the Future* dan ei fraich chwith a banana yn ei law dde. Roedd ganddo ffag yng nghornel ei geg. Dyma'r tro cynta i fi sylwi go iawn ar ei wefusau. Yn hyfryd o lawn, yn wyrthiol o goch, ac yn fythol-symudol, fel petaen nhw'n tonni allan o'i geg.

'Helô!' gwaeddais, mewn llais main, annaturiol. Llais menyw wedi'i throi'n wirion gan chwant. Roedd yna rywbeth hudol am ei wallt hefyd. Trwch o gudynnau tywyll, syth, yn gwyro'n berffaith o gylch ei ben. Edrychai bron fel petai'n gwisgo helmed.

Gwgodd arna i ddechrau, am fod fy ymyrraeth wedi peri i'r dyn trolis ddianc oddi yno. Gwaeddodd Seb rywbeth ar ei ôl.

'Dim ond dyn troli ydw i!' meddai'r dyn troli bychan, penfoel, gan wthio un o'r trolis allan i'r stryd fawr a neidio i mewn iddi. Yna, hwyliodd i mewn i ganol y dagfa drafnidiaeth fel bonheddwr mewn cwch.

Trodd Seb tuag ata i.

'Beth yw dy enw di?'

'Bel,' atebais. Roeddwn yn rhyfeddu pa mor ddiarth y swniai fy enw fy hunan ar fy ngwefus. Ai dyna oedd fy enw i? Do'n i ddim yn siŵr o ddim byd pan o'n i yng ngwydd y llygaid rhyfedd.

'Wel te, Bel, hoffet ti fynd mas am bryd bach o fwyd?'

Syllais yn hir arno. Y gwefusau. Y gwallt. Y sbectol.

'Wel? Gallen ni fynd 'nôl i 'nhŷ i wedyn i edrych ar *Back to the Future* os ti'n moyn,' ychwanegodd.

Agorais fy ngheg ond ni ddaeth unrhyw sain ohono. Yn sydyn, cydiodd Seb yn fy mochau a'm cusanu. Teimlwn fel petai rhywun yn tylino fy wyneb yn ara ara bach, yn cerfio fy ngwefus i siâp calon. Llithrodd ei dafod dros fy nannedd. Roedd ei anadl yn gymysgedd o fefus, pupur a fanila.

'Ddoi di?' sibrydodd yn fy nghlust.

'Ocê,' atebais yn chwithig. 'Ocê.'

Heddiw, fe gyrhaeddais adre a gweld, unwaith eto, fod melon yn 'y nghartre i. Y tro hwn, roedd wedi ei gosod ar fwrdd y gegin. Eisteddais wrth y bwrdd a gosod fy nwylo dros fy nghlustiau. Ond cynyddu wnaeth y synau. Clywais swn *ping* lifft yr ysbyty, clywais y doctor yn gofyn *does this hurt?* clywais Mam yn ochneidio'n deimladwy mewn stafell aros, a chlywais sŵn y ci-tegan a brynodd fy nheulu i mi yn cyfarth ei ffordd i lawr y coridor gwyn. Clywais fy mrawd yn cael stŵr gan Dad am bwdu ar ddiwrnod Nadolig. Clywais glincian y ffyrc arian wrth i 'mrawd a fy rhieni fwyta'u cinio Nadolig yn ffreutur yr ysbyty. Clywais ddatod defodol yr hetiau papur.

Roedd Seb yn y lolfa yn chwarae'r gitâr. Dyw e heb ei meistroli eto. Mae e'n llawer gwell ar y picolo.

Mae'n synhwyro 'mod i wrth y drws. Mae e'n troi ei ben yn araf ac yn gwenu.

'Fi'n gwbod. Stica at y picolo.'

Yn yr eiliad hon teimlaf rhyw ffrwydrad sydyn o anwyldeb tuag ato. Rw i am neidio ar ei ben a'i gusanu nes bod fy ngwefus yn gwegian. Ond dydw i ddim. Oherwydd dwi'n dal ddim yn siŵr beth yw arwyddocâd y melon yn y gegin a dydw i ddim yn barod i ildio, nid eto.

'Beth ma'r melon 'na'n neud yn y gegin?'

'Dim lot. Melon yw e.'

Galwodd yn y tŷ am bump o'r cloch. Os bwyta, dywedodd, yna bwyta'n iawn, saith cwrs. Roedd e'n adnabod y cogydd ac felly byddai'r pryd am ddim. Ro'n i wedi gwisgo ffrog sidan, werdd. Unwaith eto, roedd yntau heb grys, ond roedd e wedi mynd i'r drafferth o wisgo tei goch. Ro'n i wedi yfed ychydig o win cennin Pedr y prynhawn hwnnw ac mi geisiais ei gusanu'n syth. Ond roedd ei weflau'n hollol llonydd.

'Nid cyn bwyd,' meddai, gan gymryd fy llaw a'm harwain i lawr y stryd.

Roedd y bwyty ar lan y môr. Doedd arna i ddim eisiau bwyd mewn gwirionedd, ond roedd arna i ei eisiau fe. Gwyliais wrth iddo balu ei ffordd yn sglyfaethus trwy fowlen enfawr o gregyn gleision. Rhedodd y saws gwin gwyn i lawr ei ên ac i mi roedd fel yr aur puraf, trymaf. Roedd ei fysedd yn drwch o saim, ac yswn am deimlo'u staen ar fy nghlun. Anghofiais fwyta fy mwyd i. Roeddwn am gynnig fy hun iddo fel saig perffaith ar lestr arian, gydag afal rhwng fy nannedd.

Ar ddiwedd y noson fe'm cusanodd yn frysiog ar gornel stryd ac aeth yn ôl i'r bwyty ar ei ben ei hun, i sgwrsio gyda'r cogydd. Rhywbryd ymhell wedi hynny cyfaddefodd ei fod wedi gorfod ymddiheuro ar fy rhan, am fy mod wedi cymryd cyn lleied o ddiddordeb yn y bwyd.

Hanner awr yn ddiweddarach, canodd y gloch. Agorais y drws a gweld Seb yn ysgwyd ei wallt-helmed yn ffyrnig o'i lygaid. Roedd siwtcês yn eistedd yn ufudd wrth ei ochr, fel ci dof.

'Meddwl falle fyddet ti'n hoffi cwmni.'

Arhosodd gyda mi'r noson honno, a'r ail, a'r

drydedd, hyd nes y seriwyd ei lygaid bychain ar gynfasau'r gwely a doedd 'na ddim troi 'nôl.

Bore ma, cyn iddo ddeffro, rhoddais holl eiddo Seb mewn sach ddu. Doedd 'na ddim llawer. Copi o *Back to the Future*, gitâr, picolo, dillad isa, bwydlenni amrywiol fwytai, tri phâr o sbecs wedi torri, pump pâr o sbecs sbâr, tei goch, past dannedd pinc, a chrys doedd e byth yn ei wisgo. Rhoddais bopeth yn ôl iddo ond y melon. Clymais gwlwm taclus yn y sach a'i gosod tu allan i'r drws ffrynt. Roedd hi'n las-o-braf bryd hynny, ond mae hi wedi dechrau glawio erbyn hyn. Mae Mrs-drws-nesa yn rhedeg o amgylch ei lein ddillad fel iâr wyllt. Mae rhywbeth yn ei chwithdod corfforol yn gwneud i mi feddwl am Seb ac rwy'n penderfynu ei ddeffro.

Camaf i mewn i'r ystafell wely. Hyd yn oed nawr, rwy i wedi fy swyno ganddo. Er gwaetha'r ffaith ei fod wedi fy arteithio gyda'r gorffennol, a 'mod, i bob pwrpas, yn ei gasáu, mae 'na rywbeth amdano yn gwneud i 'nghroen dynhau. Does 'na'r un dyn wedi cysgu mor fodlon wrth fy ochr, mor ddistaw, mor ystyrlon o fy symudiadau-chwithig-ganol-nos. Yn sydyn, tynnaf fy llygaid yn ôl. Rwy'n meddalu. Dim dyma'r ffordd. Dim o gwbl. Gosodaf ei sbecs ar ei drwyn prydferth. Yna, rwy'n ei daro ar ei dalcen. Mae'r marblis yn disgleirio.

'Mas â ti.' Mae e'n codi ar ei eistedd, yn cynnau ffag

sydd ar ei hanner, ac yn fy nilyn allan drwy'r drws. Wrth gamu drwy'r tŷ mae e'n cydio yn y melon ac yn ei wasgu ar fy moch. Rwy'n clywed sŵn Lisa, fy ffrind gorau yn yr ysgol gynradd, yn sgwennu *Ma Kylie Minogue wedi torri ei throed, paid â becso!* ar fy nghast plastr. Rwy'n cydio yn y melon ac yn ei osod ar fwrdd y gegin. Un peth ar y tro.

Erbyn hyn, mae Seb yn sefyll ar lwybr yr ardd, yn ddi-grys yn y glaw. Mae e'n sylwi ar y sach ddu, yn nodio'i ben, ac yn cymryd drag hir o'i sigarét. Yna, mae'n edrych i fyw fy llygaid. Dyma ni, meddyliaf. Os medri di gau'r drws ar y llygaid 'na fyddi di'n iawn. Ond alla i ddim. Edrychaf o'm hamgylch, yn ysu am glywed yr ateb iawn. Ond ddaw e ddim. Does 'na neb ar y stryd ond y dyn llaeth yn chwibanu a'r dyn post yn gwgu; neb ond y brain ar wifren deleffon a brogaod ffug yn syllu'n frawychus i mewn i bwll pysgod drws nesa. Fy mhenderfyniad i yw hwn. Rhwng y cydwybod a'r gwir a'r cnawd a'r melonau.

'Ma dy stwff di gyd man 'na,'gan siarad yn hollol ddiemosiwn, fel petawn i'n cynnig *Jaffa Cake* iddo.

'Ond… ' mae'r gair ynghrog ar yr awyr wrth i Seb geisio ysgwyd y nos o'i amrannau.

'Dwi ddim yn mynd i fwyta dy felon di.'

'Ma rhaid i ti ddysgu,' meddai, heb edrych arna i.

Mae hyn yn fy nghynddeiriogi. Pwy sy'n dweud bod yn rhaid i mi ddysgu? Pa reol sy'n dynodi bod yn rhaid i mi nesu at gnawd oer, llachar-felyn y melon bondigrybwyll? 'Wna i ddim. Yn bendant ddim.

'Stwffa dy felons.' Rwy'n difaru defnyddio'r gair 'stwffo'. Mae Seb yn debygol o'i ddehongli fel cyngor cogyddol.

'Ffeindia i rywun arall 'te,' meddai, fel rhywun na all ddweud y gwahaniaeth rhwng *Terry's Chocolate Orange* a thiwb o *Jaffa Cakes*.

Caeais y drws yn ei wyneb. Roedd fy nghalon yn gynnwrf i gyd. Cnawd, dyna oedd y broblem. Nid y ffarwelio, y ffin, y diwedd, neu beth bynnag a ddywedais neu a groesais, neu a gyrhaeddais wrth gau'r drws, ond y cnawd. Y llygaid bychain. Yr helmed-wallt. Y gwefusau llawn. Cusan goch. Mynwes wen. Dyna oedd y broblem. Ac roedd y bwystfil-felon yn brawf o hynny.

Eistedd wrth fwrdd y gegin wedyn. Edrych am yn hir ar y melon. Mae'r arogl yn ddigon. Arogl poen. Arogl merch fach yn sgrechian. Arogl gwallt melyn yn hallt dan ddagrau. Clywaf y synau eto: sŵn fy mam yn dweud *mae hi'n neis bod mewn ysbyty ar ddydd Nadolig, sdim pawb yn cael gwneud!* sŵn fy mrawd bach yn canu thema *Transformers, robots in disguise*; sŵn sudd afal yn cael ei dywallt i wydryn clir; sŵn fy ffyn baglau yn cael eu taflu i'r llawr; sŵn plentyn. Plentyn. Am eiliad teimlaf yn ffôl. Dim y melon oedd ar fai, wedi'r cyfan. Mae'n siŵr bod blas melon yn ddigon dymunol.

Cydiaf mewn llwy. Wrth i mi wneud hyn, mae Seb yn cnocio ar y ffenest. Mae e'n gweld y llwy ac yn gwenu. Gwên faleisus. Gwên mabolgampau. Yna, mae e'n dechrau chwarae'r picolo, a'i sain yn gwau i mewn i sŵn esgyrn, melonau, a thedi bêrs. Ac am unwaith, dwi'n gwbod yn union beth i'w neud. Cydiaf drachefn yn y llwy a dechreuaf balu fy ffordd tua'r presennol.

Tu allan, tu ôl i'r brogaod ffug, mae Seb yn chwarae'r picolo. Medraf ei weld yn berffaith drwy'r ffenest. Fel dywedais i, mae e'n ddiderfyn hardd, yn wynach na dannedd y lloer. Ond mae e'n rhy swnllyd. Yn rhy boenus o swnllyd. Ac efallai nad yw hynny ddim i'w neud â'r melon ac yn bopeth i'w neud â Seb. Rydw i'n gwenu arno. Mae 'mhoen yn ddwfn islaw'r croen ac mae 'nghlustiau bychain yn hollol fodlon.

Oherwydd mae'r melon a finnau'n hen ffrindiau erbyn hyn – diolch i'r ddyfais y cerfiais ohoni bore ma. Dwi'n sefyll yn y ffenest, yn wên i gyd, a dwy gwpan felen yn dynn am fy nghlustiau. Mae'r tedi bêr wedi peidio. Dyw'r asgwrn ddim yn gwingo. Mae 'mherthynas gyda Seb wedi hen gracio. A 'sgen i ddim gobaith mefusen o glywed y picolo.

Dim ond distawrwydd melys, melonaidd.

# pen dafad

**Bach y Nyth**
Nia Jones  0 86243 700 8

**Cawl Lloerig**
Nia Royles (gol.)  0 86243 702 4

**Ceri Grafu**
Bethan Gwanas  0 86243 692 3

**Gwerth y Byd**
Mari Rhian Owen  0 86243 703 2

**Iawn Boi? ;-)**
Caryl Lewis  0 86243 699 0

**Jibar**
Bedwyr Rees  0 86243 691 5

**Mewn Limbo**
Gwyneth Glyn  0 86243 693 1

**Noson Boring i Mewn**
Alun Jones (gol.)  0 86243 701 6

**Sbinia**
Bedwyr Rees  0 86243 715 6

**Llyfr Athrawon Pen Dafad (Llyfr 1)**
Meinir Ebsworth  086243 803 9

**Sgwbidŵ Aur**
Caryl Lewis  086243 787 3

**carirhys@hotmail.com**
Mari Stevens  086243 788 1

**Ça va, Safana**
Cathryn Gwynn  086243 789 x

**Pen Dafad**
Bethan Gwanas  086243 806 3

**Aminah a Minna**
Gwyneth Glyn  086243 742 3

**Uffar o Gosb**
Sonia Edwards  086243 834 9

**isho bet?**
Bedwyr Rees  086243 805 5

**Noson Wefreiddiol i Mewn**
Alun Jones (gol.)  086243 836 5

**Llyfr Athrawon Pen Dafad (Llyfr 2)**
Meinir Ebsworth  086243 804 7

**Cyfres i'r arddegau
Ar gael o'r Lolfa: ylolfa@ylolfa.com neu o siop lyfrau leol**

Am wybodaeth am holl gyhoeddiadau'r Lolfa,
mynnwch gopi o'n Catalog newydd, neu
hwyliwch i mewn i'n gwefan:
**www.ylolfa.com**

*yl Lolfa*

Talybont, Ceredigion SY24 5AP
*e-bost* ylolfa@ylolfa.com
*gwefan* www.ylolfa.com
*ffôn* +44 (0)1970 832 304
*ffacs* 832 782